京都花街 神様の御朱印帳

浅海ユウ

STARTS
スターツ出版株式会社

ひさかたの、光のどけき都大路《みやこおおじ》。
そのどん突きは、ちはやふる神さんおわす祇園《ぎおん》さん。
大路の途中、ひとつ路地に入れば、いにしえの町屋が軒《のき》を連ねる先斗町《ぽんとちょう》。

その小路《こうじ》の中ほどにある豆腐屋の二階。
そこに、神さんの想いを届ける配達人が住むという噂《うわさ》……。

嘘やと思わはんのやったら、神さんに聞いとくれやす。
祇園さんに聞いとくれやす。

目次

第一話　ワイルドな神様・スサノオ／八坂《やさか》神社　9
第二話　クールな神様・アマテラス／日向《ひむかい》大神宮　75
第三話　ミステリアスな神様・ツクヨミ／松尾大社摂社月読《まつおたいしゃせっしゃつくよみ》神社　117
第四話　美しすぎる神様・タマヨリ姫／下鴨《しもがも》神社　179
あとがき　234

京都花街　神様の御朱印帳

第一話　ワイルドな神様・スサノオ／八坂神社

壊れかけの古い扇風機が時折軋《きし》むような音を立てて首を振りながら、室内のぬるい空気をかき回している。

——寂しい……。

安藤文香《あんどうふみか》は、やり切れない気持ちで部屋の中に視線を巡らせた。

ちゃぶ台の上には迷惑メールを受信した時にしか音を立てないスマホと、なんの面白味も感じられない文学史のテキスト。

流し台の脇に置いた半透明のゴミ袋の中には、空になった大量のカップ麺の容器が透けて見えている。講義の時間帯によって、学食で食べない時は、たいていインスタントラーメンかパンで昼食を済ませる。大学のおしゃれなカフェテリアでとる〝ひとりメシ〟よりは、下宿で食べるカップラーメンの方が不思議とおいしいからだ。

玄関先に放置したままになっているレジ袋の中には、二リットルのお茶とミネラルウォーターのペットボトル。

文香はつまらないものたちに占拠《せんきょ》された六畳一間の和室で膝を抱え、深い溜め息をついた。

——こんなはずじゃなかった。

第一志望の大学に合格し、憧れの街、京都へ引っ越してきてからの数か月、心の奥にずっと滞っている憂鬱《ゆううつ》。

文香はこの気分を紛らわせようと、布製の手提げを掴んで下宿の外へ出た。

七月中旬の京都《きょうと》市内。盆地特有の蒸し暑さが、ますます厳しくなった昼下がり。

狭い路地の石畳には打ち水がされ、夏のたたずまいを見せている町屋が並ぶ。外の竹矢来《たけやらい》もしっとりと濡れていた。

「暑っ……」

思わず手を翳《かざ》して、太陽が照りつける空を見上げる。

「今日は暑おすなあ」

「ほんまどすなあ」

路地ですれ違う舞妓《まいこ》さんの艶《つや》やかな黒髪には、涼しげな朝顔の紫と水色の花かんざし。白い額にかかる美しいつまみ細工の房が、しとやかに揺れていた。

そんな古都の景色も、最初は新鮮だったけれど、今ではなんとも思わない。

憧れだった煉瓦《れんが》づくりの学舎も、入学して三か月も経つと見慣れてしまい、忍び寄る猛暑の気配とともに、なんとなく色褪《あ》せたものに見え始める。

自分で決めた進路だったが、今さらながら、生まれ育った東京《とうきょう》がなつかしい。

——私、どうしてこんなところまで来ちゃったんだろ……。

その理由は六年前の出来事にさかのぼる。父親の再婚だ。

父が再婚したのは文香が中学生になったばかりの春だった。

文香を出産した直後に母が亡くなり、十二年間、父親とふたりきりの生活が当たり前だった彼女は、突然できた若い母親と小学二年生の妹に戸惑った。

それでも文香は、母と妹、新しい家族ができたことを素直に喜んだ。そして、一緒に過ごすうち、自然にふつうの家族になれるものと信じていた。

……が、現実はそんなに甘くなかった。

妹になった環奈《かんな》はとにかく甘えん坊だった。

テストの点数が悪いというので、宿題をみてあげようとしたら、『わかんない』を連発し、駄々《だだ》をこねてまったく手を付けようとしない。

食事中、あまりにも好き嫌いが多いので、『ちゃんと野菜も食べないと病気になっちゃうよ？』と、お姉さんらしく優しく注意したつもりが、『もういらない！』と癇癪《かんしゃく》を起こし、大声で泣き始める。

自分が彼女と同じ七歳の頃のことを思い出してみたが、文香にはどうにも理解できなかった。

――どうやら妹は、私のことが苦手らしい……。

そう思うようになり、それ以来、文香の方もうまく会話ができなくなってしまった。

ついには腫《は》れ物《もの》に触るようにおどおどと接するようになり、次第に挨拶《あいさつ》もしなくなった。

その一方で、新しい母は、実の娘である環奈と文香を分け隔《へだ》てなく扱おうとしているように見えた。

休日には一緒にショッピングをしたり、同じ美容室に行ったりもした。新しい服や靴下を選んでもらうことが新鮮で嬉しかった。だから文香も、彼女のことを本当の母親だと思うように努力した。

ところがある日、新しい母が父に、

『どうしても文香ちゃんとの間に壁があるのよね』

と言っているのを聞いてしまった。

しかも、父が困ったような声で『すまないな』と謝っているのを聞いて、文香は強いショックを受けた。

文香自身は新しい母になついているつもりでいただけに、その衝撃は大きかった。

父が自分のせいで、若い奥さんに気を遣っているらしいことも。

それ以来、新しい母との関係もぎくしゃくし始め、文香は自分はこの家にいない方がいいような気がして、辛くなった。自分さえこの家にいなければ、父と新しい母と妹は違和感《いわかん》のないひとつの家族として成立するのではないかと……。

『お父さん、私、地方の大学に行きたいんだけど……』

高校二年の夏、父に引き留めてほしい気持ち半分、家を出たい気持ち半分で切り出した。

『いいんじゃないか？　どこの大学だい？』

しかし、そう軽く聞き返された瞬間、諦めと悲しみが同時に押し寄せてきた。

――お父さんは今まで、私のことを本当に大切に育ててくれた。それで、十分だ。

こっちでの生活はもう忘れよう。新しい街にはきっと私の居場所があるはずだから。

なんとか自分を奮い立たせ、気持ちを切り替えて、意気揚々《いきようよう》やって来た京都。そこで待っていたのは、大学と下宿、そしてアルバイト先の三か所を行ったり来たりするだけの日々だった。

その歴史や煉瓦造りのキャンパスに惹かれて選んだ私立大学は、複数の中高一貫校、いわゆる『付属』を抱えていて、そこから上がってくる千人以上の生徒たちは、付属以外からやってくる学生を『地方』と呼ぶ。その付属の高校から内部進学してきた子たちはすでにグループが出来上がっていて、それ以外の子は県人会《けんじんかい》やサークルを介して友人を作っていった。

もともと人見知りで、東京から来たにもかかわらず『地方』であり、バイト優先でサークル活動もしていない文香には、なかなか友人ができなかった。

勇気を出して自分から話しかけてみたりもしたが、なぜか会話は長く続かない。最初はその理由がよくわからなかったのだが、どうやら言葉のせいらしいということがわかった。

『関西の人には、標準語が冷たそうに聞こえるんだってー』

それを教えてくれたのは神奈川《かながわ》県出身の同級生だった。が、彼女はいつの間にか、『なんちゃって関西弁』をマスターし、地元の友人たちに混ざっていった。

馴染《なじ》めない原因が〝言葉〟だと言われた文香は、ますますクラスメイトに話しかけることが困難になり、無口になってしまったのだ。

はあ、と文香は溜め息をつきながら、観光客が行きかう四条通《しじょうどおり》に出た。そして、そのまま人の流れに従って左に折れた。それはバイト先に向かう方角だが、まだシフトの時間までにはだいぶある。

文香が目を伏せて、前を歩く学生服の後ろを歩いていると、突然、目の前に巨大な朱色《しゅいろ》の門が見えてきた。

――あ、八坂神社……。下宿先からこんなに近かったっけ……。

地元では『祇園さん』と呼ばれるこの神社は、全国の祇園社の総本社だ。

その昔、京の都に大流行した疫病《えきびょう》を鎮《しず》めたといわれ、それ以来、厄除《やくよ》け開運の神社として信仰《しんこう》を集めている。

地図の上では下宿から目と鼻の先にあることはわかっていた。けれど、これまでなんとなく足が向かなかった場所だ。

――いいことがありますように、って、神頼みでもしてみようかな。

今日に限って文香は、神様でも仏様でも、なんでもいいから、この鬱々とした気持ちを晴らしてほしいと願った。

――よし。行ってみよう。

文香は京都に来て初めて、この神社の境内《けいだい》へ繋がる石段を上った。

森のように木が生い茂り、あちこちから蝉の声が聞こえる。

――じゃり、じゃり、じゃり、じゃり……。

夏の日差しで焼かれた砂利がサンダルの下できしむ感触。

乾いた空気のせいで少し埃《ほこり》っぽいが、それでもどこか神聖な空気が感じられる。

周囲を木々に覆われた広い境内には、いくつもの社《やしろ》が点在していた。どの社も、大勢の参拝者でにぎわっている。

――それにしても暑い。

あまりにも日差しがきついので、木陰に入って一息ついた。

「お守り、買ってく?」

「私、縁結びのやつにしようかな」

「私は、学業成就《じょうじゅ》かな」

修学旅行らしきセーラー服姿の少女たちが笑い合いながら、文香の目の前を通り過ぎる。彼女たちの足は、人だかりのできている売り場へと向かっていた。

「お守りかあ……」

文香のポーチにはいつも、実の母が遺《のこ》したお守りが入っている。それもあって、今まで新しいお守りを買ったことはなかった。

――お母さん……。

文香は手提げの中の、お守りを入れたポーチをぎゅっと握りしめ、写真でしか見たことのない母の笑顔を思い浮かべた。

――お母さん。寂しいよ……。

心の中で呟いただけで、涙腺が崩壊した。

父が再婚してからの六年間、なんとか必死で強く保ってきた気持ちが、ぽきんと折れてしまったかのように涙が溢れる。

止まらない涙をどうすることもできず、文香は思わず顔を伏せた。人に見られないように。と同時に、頬を滑った涙が、ぽた、と足元で音を立てたような気がした。

――あれ？

手の甲で、ごしごし瞼をこすってから視線を落とすと、乾ききった砂利の上に古びた御朱印帳が落ちている。御朱印帳の表紙は濃紺《のうこん》の布地で、青白い色をした美しい龍が描かれている。

乾いた砂利の上に落ちて一瞬にして蒸発したと思い込んでいた涙は、ちょうど表紙の龍の瞳の上に落ちて、そのギョロリとした目玉を濡らしていた。

「え？　これって、落とし物？」

拾い上げた御朱印帳は、やけに重く感じた。表紙は古びているが、開いてみると真っさらなページが日光を反射し、その白さが眩しい。

「新品？　にしては年代物っぽいんだけど、誰のなんだろ……」

泣いていたことも忘れて辺りを見回すが、探し物をしているような人はいない。

――仕方ない。落とし物として社務所《しゃむしょ》に届けるしかないか……。交番だとここから遠くなっちゃうし。

少し面倒くさい気持ちになりながらも、ポケットからハンカチを出して御朱印帳の涙を拭った文香は、社務所と書かれた建物の方へと足を踏み出した。と、その時……。

――え？　なに？

ふと、文香は不気味な男がこちらを見ていることに気づいた。

境内の真ん中に立っている男の髪はホームレスのように伸びきってぼさぼさで、黒い髭《ひげ》がもじゃもじゃと顔半分を覆い隠している。

——変な人……。

その男は、着ているものがとにかく独特だった。生成《きな》りの帆布《はんぷ》みたいな、固そうな生地で縫製《ほうせい》された古い民族衣装のような着物だ。弥生《やよい》時代とか邪馬台国《やまたいこく》とか、そんな言葉が頭に浮かぶ。

——どこかで撮影でもやってるのかな。

そう思わせるような、一種異様《いっしゅいよう》な風体《ふうてい》と、大和朝廷《やまとちょうてい》風の衣装。

ただ、どこにもカメラが回っているような気配はなく、大柄な男は明らかに睨むような目で文香の方を見ている。その肉食獣が獲物を見るような目つきに、文香はぞっとした。

——な、なに？　なんで私を見てんの？

一瞬、この御朱印帳の持ち主なのだろうか、と思った。が、男は文香の手元には目もくれず、彼女の顔だけを凝視《ぎょうし》してこちらに近づいてくる。

「そこの娘」

男は文香の目の前まできたところで足を止め、そう言葉を放った。

——む、娘って……。

喋りかたも変だ。やはり時代劇の人なのだろうか、と文香は小首を傾げる。

——ここは京都だ。太秦《うずまさ》の映画村もあるし。ずっと時代劇の俳優さんをやってて、日常生活でも時代劇がかった言葉使いが抜け切れないとか？　いや、もしかして一般人をドッキリさせてその様子を撮影する番組とか？

あらゆる可能性を考えながら、再びテレビクルーが隠れていそうな場所に視線をやる。けれど、周囲には撮影隊が身を隠すような場所はない。

「お前に頼みがある」

ボサボサでモジャモジャのおじさんが、見ず知らずの女子大生に近づいてきて「お前」呼ばわりした挙げ句、「頼みがある」という。

――ヤバい。

この異常な展開に文香の頭の中で危険を知らせるシグナルが点滅《てんめつ》し、アラームが鳴り響いた。

――絶対、ヤバい人だ。

とにかく男をやり過ごし、穏便にこの場を去る方法だけを考えていた。

「す、すみません。私、バイトがあるので」

「ばいと？」

そそくさと立ち去ろうとしたのだが、男は怪訝《けげん》そうな顔をして文香の行く手を阻《はば》む。

「ゆ、ゆ、ゆ、郵便局で働いてるんです」

焦った文香は、言わなくてもいいバイト先まで漏らしてしまった。

「郵便とは、人間から人間へ手紙を届ける、あれのことか？」

真顔でそう聞き返す顔を見て、やっぱりこの人はおかしい、と文香は確信する。

「そ、そうです。学生なので時間の制約とかあるし、郵便局は自宅からそう遠くない場所だし……」

そんなどうでもいい話で時間を稼ぎ、文香は相手から目を離さずにじりじり後ずさりした。目を逸らすと、その隙になにをされるかわからない、という不安からだ。

「郵便屋。それはますます好都合ではないか」

この会話の流れでどうしてそうなるのか、文香は首を傾げながらも、更に後ずさる。

「郵便屋さんというのは、一般的に郵便配達をする職員さんのことだと思うので、私は厳密には郵便屋ではありません。じゃ、私、そろそろ行かなきゃいけないので」

適当に言葉を返しながら、男との間に十分な距離をとってから文香は全速力で駆けだした。

「ま、待て！　郵便屋の娘！　わたしも届けてほしいものがあるのだ！」

これ以上関わってはいけない。

ダッシュで逃げながら瞬間的に振り向いてみると、男は恐ろしい形相《ぎょうそう》をして追いかけてきている。

「ひーっ！」

そのどこか狂気《きょうき》じみた瞳に恐怖を感じ、文香は御朱印帳を握りしめたまま、心の中で悲鳴を上げながら神社の鳥居の下を通り抜けた。

変な格好をした見ず知らずのホームレス風の男に追いかけられる理由がわからないまま、石段を飛び下りるようにして通りへ出る。

八坂神社の正面にある横断歩道を渡り切ってからもう一度振り返ってみると、男は赤信号に足を止められていた。

その目は忌々《いまいま》しげに、神社前の三叉路《さんさろ》を行き交う車を睨みつけていた。

これで諦めただろうと思ったのも束の間、信号が変わると同時に男は横断歩道を横切り、一直線にこちらへ向かってくる。

――や、やば……。まだ追いかけてくる……。

先刻より男との距離は広がっているにもかかわらず、その射るような目力は強さを増しているように思えた。

やっぱり、この御朱印帳はあの男のものなのでは？　そう思った文香は帳面《ちょうめん》をその場に投げ捨てようとしたが、なぜか手のひらに吸いついているかのように離れない。

――なにこれ？　どうなってんの？

腕をぶんぶんと振っても振っても、御朱印帳を振り払うことができない。

――誰か！　誰か助けて！

叫ぼうにも、恐ろしさで凍りついた声帯はまったく震えなかった。

しかも、先ほどまでにぎわっていたはずの都大路には嘘のように人影がなく、追ってくる不気味な男と自分しか存在しない。まるで異次元の世界にでも迷い込んでしまったかのように。

——誰かーッ！

帰巣本能《きそうほんのう》に突き動かされるようにして、文香の足は先斗町の方角へ向かっていた。

路地に入るとまばらながら人通りがあり、微かに緊張が緩む。

だが、振り返るとあの男が路地の手前できょろきょろしているのが見え、文香は再び足を速めた。

「す、すみません！」

「ごめんなさい！」

狭い路地だ。何人かの通行人にぶつかり、それでも慌てふためきながら家路を急ぐ。

時々背後を振り返り、もじゃもじゃ男との距離を確認しながら。

後ろをチラチラ見ながら逃げていた文香は、すぐ脇の家から出てきた男に、思いきり正面からぶつかりそうになった。

「わっ！　え？　あれ？　安藤？」

文香が謝る前に、相手が声を上げた。

「ご、ごめんなさい！　……え？」

名前を呼ばれ、咄嗟《とっさ》に謝りながら見た相手は、茶髪に派手なアロハシャツ、そして膝丈のダメージジーンズ姿だ。突然、目の前に現れたハワイ帰りのような男は、親しみのこもった笑みを浮かべているが、彼女には彼が誰だかわからなかった。それを悟ったのか、男が笑いながら言った。

「俺、俺〜。飛鳥井《あすかい》〜」

「あ……」

その珍しい名字と、特徴的な切れ長の目元を見て、ようやくこのすらりと背の高い男が、いつもは地味な作業着と帽子をかぶっているアルバイト先の先輩、バイトリーダーの飛鳥井透真《とうま》だと気づいた。

「あ、飛鳥井先輩！　私、変な男に追われてるんです！　助けてください！」

仕事中は雑談すらしたことのない相手に、文香は切羽詰まった声で助けを求めてしまった。

「え？　変な男？」

透真は文香の後方に目をやったが、男を確認できないらしく、ぽかんと聞き返す。

もしやいなくなったのかと、文香がおそるおそる振り返ると、不審な男はハッと彼女を見つけて目を見開き、こちらへ向かってきた。

しかも、さっきまでは人でにぎわっていた小路に立っているのは、透真と文香のふたりだけになっている。

「ひっ！」

ついに文香に視線を定め、この路地に入ってくる男。人混みに紛れることすらできないガラガラの道。文香は身が縮み、声にならない悲鳴を上げた。そんな彼女の背中にそっと手をやった透真は、ひどくのんびりした声で言う。

「どないしたん？　大丈夫か？　ま、せっかくやし、中でお茶でも飲んで行き。俺んち、ここやから」

彼がすぐ脇にある家の暖簾《のれん》を片手で持ち上げると、中は広い玄関。その町屋は奥行もあり、隠れるには好都合に思えた。

「今、お茶でも淹《い》れるわ。おいしいのがあるねん」

けれど、そんな悠長《ゆうちょう》な言動がもどかしく、文香はこの家の住人らしい透真よりも先に、美しい格子戸が半分ほど開いている玄関へ駆け込んだ。透真の身を案じることも、玄関の戸を閉める余裕もないままに。

「し、失礼します！」

そう言って、上がり框《がまち》の前で慌ただしくサンダルを脱いだ。いくらなんでも、男が他人の家の中まで追ってくることはないだろう、と考えながら。

玄関から階段状の上がり框を二段上がった先は、そのまま六畳ほどの和室になっていて、部屋の中央に龍の絵が描かれた衝立《ついたて》がある。這《は》うようにしてその裏に隠れ、男が玄関前の小路を行き過ぎるのを待った。

「ほんまに、どないしたん？」

優しい声でそう尋ねながら、あとから座敷に上がってきた透真は文香が畳の上に落としている御朱印帳を拾った。

「これ、落としたで？」

と言って、それを差し出すのと、同時に透真が、うっ、と声を漏らす。その視線は玄関の方に向いていた。唖然と立ち尽くす彼の手から、御朱印帳がバサッと足元に落ちた。

「安藤。変な男って、あの人のことなん？」

そう尋ねられ、おそるおそる衝立《ついたて》から顔を出して玄関の方を見る。

「あッ……！」

見れば、男が玄関先で立ち止まり、暖簾を持ち上げるようにして家の中を覗き込んでいる。文香は声を上げそうになった口を両手で押さえ、身を伏せたまま、透真に向かって何度も頷く。そうです、そうです、と。

「すげぇ……。あの衣裳、どこで買《こ》うたんやろ」

——は？　そこ？

透真は勝手に玄関を覗き込んでいる不審者を、どこかうっとりするような目で見つめている。

「娘はどこだ」

追いつめるような声が、玄関の方から文香の耳に届いた。そのドスがきいた声に、透真も返答に窮した様子で黙秘《もくひ》している。

——もうダメだ。見つかったら殺されるかもしれない。

自分が命を狙われる理由はわからない。が、男の外見も、追いかけてきた時の血走った瞳も尋常ではない。

——あれ？

すでに手の届く距離にまで迫ってきている男を想像しながら、頭を両手で抱え、再びおそるおそる衝立の影から向こうをのぞく。

男は上がり框の数歩向こうで足を止め、座敷には上がらない様子だ。

と、そのとき、若い女性が談笑しながら階段を下りてくる足音が聞こえてきた。

「ふふふ。あのお客さん、面白いやんなあ？」

「お姉さんが、ぎょうさんお酒すすめはるからやわ」

「せやかて自分が、飲みたい、て言わはんのえ？　うち、どないしたらええのん？」

どうやらこの家は二階建てらしく、奥にある階段から下りてきたのはふたりの舞妓さんだった。彼女たちは、衝立の陰に隠れている文香には気づかない様子で、そのまま玄関の方へ静々と歩いていく。

これからお座敷《ざしき》に向かうところなのか、ふたりとも夏らしい絽《ろ》の着物を着ている。ひとりは黒地の着物に色とりどりの小花が散っている振り袖、真っ赤な半襟が鮮やかだ。もうひとりは波紋が広がる水面を思わせる水色の着物に萩《はぎ》の花、そして刺繍《ししゅう》入りの白い半襟。ふたりとも艶やかな黒髪にさした美しい簪《かんざし》を揺らし、たわいもない会話をしながら上品に笑い合っている。文香は彼女たちの朝顔の簪に見覚えがあった。

――この辺りでよく見かける舞妓さんたちだ……。

うっかり男の存在を忘れ、白い額にかかる薄紫色の造花に見惚れてしまった。

「あれ、透真さん。どないしはったん?」

彼女たちは茫然《ぼうぜん》と立ち尽くしている透真に視線を向け、不思議そうな顔をしている。

文香は、ふたりがすぐさま玄関先に立つ不気味な男に気づき、悲鳴を上げると思っていたのだが……。

――なんで?　この人たちには、男の姿が見えないの?　けど、飛鳥井先輩には見えてるんだよね?

彼女たちに、衝立の後ろにしゃがみ込んでいる自分の姿は見えないかもしれない。

それでも、玄関に立っている正体不明な男の姿は視界に入っているはずだ、と文香は訝《いぶか》る。

「透真さん、毎晩遅いから、お母さんが心配してはったよ？　もうちょっと、早よう帰ったげてな」

「ああ……、うん……」

まだ玄関先にいる男の方に気を取られているらしい透真が、曖昧《あいまい》に返事をすると、黒地の着物に真っ赤な半襟の舞妓さんが玄関へ降りた。

「ほな、行ってきます」

水色の着物に刺繍入りの半襟をつけたもうひとりの舞妓さんも、はんなりと頭を下げて出ていく。玄関で仁王立ちになっているホームレスのような男の体をかすめるようにして。

そこになにも存在しないかのように振る舞っているところを見ると、どうやら、ふたりには男の姿が見えていないようだ。

――こんなことってある？

文香がその様子を不思議に思っていると、暖簾を持ち上げている男は諦めたような顔になり、その姿がゆらめき始めた。そして、男の体は輪郭と色を失って、白い靄《もや》が蒸発するかのように消えた。

「う、嘘……」

文香は唖然として衝立の陰からノロノロと立ち上がり、玄関を隅から隅まで眺める。

「き、消えた……？」

その場に立ち尽くしている透真も、男がいた場所に目を向けたまま呟いた。

「み、見えたんですよね？　先輩には、あのもじゃもじゃ男が」

「見えた。というか、急に現れた」

「そうなんですか？　私は八坂神社からずっと追いかけられてたんですけど、先輩には急に現れたように見えたんですか？　これって、一体、どんなマジックなんでしょうか？」

文香が真面目に聞き返すと、彼は「は？　マジック？　そうなん？」と目をぱちぱちさせる。それを見て、文香は、そりゃそうでしょ、それ以外になにが？と自分も目をぱちぱち瞬かせてしまう。

「なにが起きたんか、ようわからんけど……。なんか、『古事記《こじき》』の世界やったなあ」

男の風貌《ふうぼう》を思い出したように、透真は陶酔《とうすい》の表情を浮かべる。

「先輩。よく、そんな風に落ち着いていられますね」

「いや、十分、頭の中、パニクッてるんやけど……。いや、とにかくすごかった」

透真は首を振りながら、うんうん、と感慨《かんがい》深そうに呟く。

「夢でもマジックでもSFでも、なんでもええから、もっかい見たい！」

しかしそのあとすぐに、パッと、顔を輝かせた透真は、玄関に飛び降り、そこに並んでいる下駄を引っかけて路地に飛び出していく。

「ちょっ……。先輩！　やめてください！　関わっちゃダメですって！　あのおじさん、ヤバい人ですよ、絶対！」

文香の忠告が聞こえたのか聞こえなかったのかは定かでなかった。が、すぐにがっかりした様子でガラガラと戸を閉めた透真が戻ってくる。

「もうどこにもおらへん。けど、マジで感動したわ。一瞬にして古事記の世界が目の前にパーッと広がったような気がして」

「は？　古事記……。さっきから言ってる古事記って、日本の神話のことですか？」

「うん。俺、すんごい興味あるねん、神話の世界。そういう本ばっかり読んでるわ」

「へえ……」

古典にはそれほど興味がない文香も、古事記の名前ぐらいは知っている。

文香が物心ついたころには、父親が毎晩のように絵本を読み聞かせてくれるのが日課だった。中でも文香は『日本の神話』という絵本がお気に入りで、何度も朗読をせがんだ。その絵本、日本の神話こそが、古事記を子供たちにもわかりやすく昔話風に描いたものだった。

文香が持っていたのは、母が子供の頃に読んでいたものだそうで、子供向けの絵本ではあったが、本文の上のイラストがとても写実的なタッチで描かれていた。

神様たちは美男美女揃いで、何度見ても飽きなかった。

それは、小学校の高学年になると、見向きもしなくなった絵本の中の一冊だったのだが……。

当時、文香のお気に入りはヤマトタケルとオオクニヌシだった。ヤマトタケルは精悍《せいかん》で美しい青年として描かれていた。一方のオオクニヌシは、聡明《そうめい》で優しい。それ以外の神様のことはあまり眼中になかった。

「そういえば、絵本に出てくるヤマトタケルやオオクニヌシも、あんな服着てましたねえ。けど、絵本にあんなもじゃもじゃの神様いたかな……」

美しいイラストと、父の優しい声。本当に幸せだったまどろみの時間を思い出し、文香の胸はまた少し締めつけられる。

「髭を生やした神様は、結構おるで？」

そう言いながら、一度座敷の奥へと入っていった透真は、お盆の上に大きな茶碗をふたつ載せて戻ってきた。

「あ、ごめんなさい。こんなところまで上がり込んでしまって」

ようやく我に返った文香は慌てて謝罪する。

「ええよ。せっかくやし、お茶でも飲んでいき」

「はあ……」

文香は『お茶』と聞いて、普通の緑茶か麦茶が出てくるものと想像していたが、お盆に載せて出されたのは、分厚い陶器の茶碗に入った抹茶だった。表面がふんわりと泡立っていて、美しいエメラルドグリーンだ。

「え？　これ、先輩がたててくれたんですか？」

「うん。茶筅《ちゃせん》でシャカシャカやっただけやけど。たぶん、ええ抹茶やと思うで？　家元のお客さんがくれたやつやから」

「へえ。ほんとだ。おいしい……」

申し訳ない気持ちで口をつけた抹茶はまろやかで、不思議と心を落ち着かせてくれた。

こうして冷静になると、さっきの出来事がすべて夢だったように気がしてくる。

程よい苦みをゆっくり味わった文香は「ありがとうございました」と礼を言って、立ち上がろうとした。

「あ。忘れ物」

「え？」

透真が再び畳の上から拾い上げた御朱印帳を、文香に差し出す。

それを見ると、変な男に追いかけられたのは、やっぱり現実だったんだ、と思い知らされた。

御朱印帳を受け取った文香は、サンダルに爪先を入れながらもう一度謝った。

「ほんとにすみません。私、勝手に上がり込んじゃって」

「いや。それはええけど……。そもそも、あの人、なんで安藤を追いかけてここまで来たん？」

「わかりません。さっき、八坂神社で会ったばっかの人なんで。あの人、八坂さんで私がちょうどこれを拾った時に現れたんです。だから、最初はこれを追いかけてきたんだと思ったんですけどね……」

――あの男がこの家の玄関に入ってきた時も、明らかにその目は透真が手にしていた御朱印帳ではなく、私を捜してた。

やはり追いかけられたのはこの御朱印帳のせいじゃないんだ、と改めて認識せざるを得なかった。

「そうなん？　その御朱印帳、ちょっと見せてもろてもええ？」

あの男に関するものはなんでも興味があるのか、透真が頼む。

「え？　あ、いいですけど、まだどこの御朱印ももらってない白紙ですよ？」

文香が渡した帳面を開いた透真は、

「ほんとだ。手がかりなしか……」

と、つまらなそうに呟いて、ひとつの押印もない御朱印帳を手際よく畳んで文香に返す。

「ほな、安藤に一目惚れでもしたんかな」

冗談とも本気ともつかない口調で言った透真が、ハハハと呑気に笑う。

「あり得ません。むしろ、私のこと、睨んでましたから。ただ、なにか……頼みがあるとか言ってましたけど、あまりにも不気味《ぶきみ》で恐ろしかったので逃げたら追いかけてきて……」

「頼み事？」

「いきなり、なにか届けてほしいものがあるとかなんとか言ってました」

「見ず知らずの女子大生に？」

文香がこっくりと頷くと、男に陶酔している様子だった透真も、さすがに表情をひきつらせた。

「へ、へぇえ……。変わった人やな。まあ、けど、お陰でええもん見させてもろた」

悠長に笑っている透真が、「家まで送ろか？」と文香に聞いた。そう言われると、あの男がまだ外をウロウロしているような気がして恐ろしい。

「す、すみません。そうして頂けると大変助かります」

「あはは。他人行儀やな」

いや、他人なんだけど、という言葉を呑み込んだ文香に透真が「行こか」と声をかけて先に玄関へ降りる。今度は下駄ではなく、スニーカーの踵《かかと》を踏み潰したまま、玄関の戸をがらりと引いた。

飛び込んだ時には気づかなかったが、小路に面した透真の家の入り口には【京野屋《きょうのや》】という看板がある。

文香はようやく自分が逃げ込んだ家を外から見回す余裕を得て、由緒《ゆいしょ》ありげな町屋の構えに感心した。

「飛鳥井先輩の家、置屋《おきや》さんなんですね」

それで、ここから舞妓さんたちが出て行ったのだ、と納得した。

置屋とは舞妓さんや芸妓さんが住んでいる家のことだ。

置屋には通常、舞妓さんや芸妓さん、修行中の『仕込みさん』と呼ばれる見習いの少女が住み込んでいることが多い。そして女将さんは、皆から『お母さん』と呼ばれ、先輩である舞妓さんや芸妓さんは年下の舞妓さんや見習いさんから『お姉さん』と呼ばれる。舞妓さんや芸妓さんたちは家族のように一緒に暮らしながら、置屋から料亭やお茶屋さんのお座敷に派遣されるのだ。

つまり、さっき出かけていった舞妓さんが『お母さん』と言っていたのは、この置屋の女将のことなのだろう。

「飛鳥井先輩のお母さんが、この置屋さんを経営してるんですか？」

文香は彼女たちの会話からそう推察した。

「うん。俺の母親も昔は芸妓で、今はいわゆる女将ってやつやな」

「ふうん。飛鳥井先輩、女性に囲まれて育ったんですね。ハーレムですね」

「ははは。昔はこんなところに住んでるのが恥ずかしかったりしたんやけど……」

その頃の気持ちを思い出したように、透真は微かに困惑の表情を見せる。

やっかみ半分、女性ばかりの中で生活していることを冷やかされたりしたのだろうかと、文香は透真の子供時代を想像する。が、目の前の派手な外見のせいか、その当時の憂鬱そうな少年の顔は想像ができなかった。

「けど、不思議ですよね。明らかに、舞妓さんたちにはあのモジャモジャ男が見えてませんでしたよね？」

「そういえば、そうやなあ。マジックなんか、蜃気楼《しんきろう》的なものなんか、はたまたタイムスリップなんか。なんにしても、俺が思い描いたとおりの古代日本……いや、神代《かみよ》の衣装やった」

文香にとっては脅威《きょうい》でしかない出来事だったにもかかわらず、透真はあの異世界から迷い込んできたような男のことを、強い憧憬《しょうけい》とともに思い出すような顔つきだ。それはついさっき、彼自身が言ったように「常日頃から古事記の世界に慣れ親しんでいるから」なのだろうか、と文香は想像する。いや、絶対、なにかトリックがあるはずだ、と彼女自身は疑いながら。

「安藤、今日のシフト、入ってたっけ?」

まだ男が背後にいるような気がしてきょろきょろしてしまう文香に、どこかだるそうに歩きながら透真が尋ねる。

「あ、はい。六時からです」

ふうん、と頷く透真。わざわざ聞いたわりには、シフトの話はそれっきりだった。

そうやって並んで五分も歩かないうちに、文香の下宿の前に着いた。

「あ。うち、ここなんです」

文香は雨戸が閉め切られた豆腐屋の店舗を指さした。早朝に仕込んだ商品が完売したら、その時点で閉店するという小さな店だ。たいてい三時頃には閉まっている。

「え? ここ、安藤の家やったん? 安藤って、『柳樂豆腐《やぎらとうふ》』の子なん? ここ、うちからメッチャ近いやん。ていうか俺、しょっちゅう、ここの豆腐と麩饅頭《ふまんじゅう》食うてるわ」

「ここの店主は叔母の旦那さんです。たまたま叔母の嫁ぎ先の家業が、このお豆腐屋さんで、店の二階が空いてたんで、四月からここに下宿させてもらってるんです。お礼に時々、お店の手伝いしたり……」

「へえ。こない近くにバイト仲間が住んどったんやあ」

彼は感慨深そうに頷いて文香のことを『仲間』と言ったが、こうして雑談するのさえ初めてだ。

「そっか。もし不安やったら、夜シフトの時だけ一緒に出勤したろか？」

「え？　いいんですか？」

仕事中は地味で寡黙《かもく》で近寄りがたいバイトリーダーが、実は近所に住んでいたというだけでいきなり距離感が縮まったような気がする。

透真の、バイトの時とはまったく違う、どこか軽そうなルックスもあり、文香の中に警戒心が頭をもたげるが、それ以上に得体の知れない男につけられた恐怖の方が勝っていた。

「それはあまりにも申し訳ないですが、そうして頂けると大変助かります」

「ええよ、ぜんぜん」

文香は京都へ来てから、こんな風に誰かを頼ったり甘えたりしたことなどなかった。頼れる人が身近にできたことは心強く、なんだか嬉しい。

「じゃあ、五時半にここで待ってるわ」

「あ、ありがとうございます。ほんとに助かります」

「ほんま、他人行儀や」

深くお辞儀をした文香に、透真は苦笑して「じゃ」と軽く手を上げた。

その後ろ姿を見送ったあと、文香は急いで二階に上がり、窓から路地を見下ろす。

茶髪にアロハの彼が、うーん、と伸びをするような仕草が見えたが、数メートル先にある軒のせいで、そのすらりとした姿はすぐに見えなくなった。

──飛鳥井先輩。作業着と帽子とマスク取ったら、別人だった……。かなりのイケメン。てか、モデル級だな、あれは。

金髪に近い茶髪も、派手な原色のシャツも、はっきりとした顔立ちによく似合っていた。

郵便物の仕分けのバイトをしている文香は、勤務している郵便局へシフトの定刻どおり出勤する。彼女が仕事場に着く頃には、リーダーの透真はすでに地味な作業着に着替えた状態で職場にいる。

文香と透真は同じ郵便物の『仕分け班』ではあるが、文香の仕事は郵便物の種類を分けたり、パソコンにデータを入力したりするオフィスでの軽作業がメインなので、普段着の上にエプロンをするだけだ。

が、透真は工場のような場所で自動区分機という大型機械を操作するため、いつもグレーの作業着に同じ色の帽子だ。区分機はかなりの高速で封筒やハガキを仕分けするため粉塵《ふんじん》が発生しているのか、彼はいつも大判のマスクを着用している。

彼の仕事ぶりは無口で几帳面《きちょうめん》で真面目。文香が郵便局を出る時間も、まだ彼は仕事をしていることがほとんどだ。とはいえ、あの格好で透真が更衣室から出て来たとしても、彼だとは気づかなかっただろうけど、と文香はひとり笑う。

「そういえば、飛鳥井先輩と喋ってる間、私ずっと、東京にいる時と同じ感じで喋ってたな……」

そんなことを気にする余裕もなかったというのもあるが、透真自身が違和感を覚えているそぶりを見せなかったせいもあるだろう。文香は、ずっと自然体で接していた彼の様子を思い出す。自宅まで送ってもらう間、文香はとてもリラックスしていた。頼りになる兄ができたような気分だ。

孤独だった六畳一間に温かい風が舞い込んできたような気持ちになった文香は、西日に焼けた畳にゴロンと仰向けになって天井の木目を見上げる。

――飛鳥井先輩と友達になりたいなぁ。

学校でも家でもアルバイト先でも気軽に雑談ができるような話し相手のいない文香は、切実にそう願った。そして、ふと、

「あ……。そうだ。御朱印帳、どうしよ」

と思い出して起き上がった。

帰ってすぐ、ちゃぶ台代わりにしている炬燵《こたつ》の上に、ポンと放置したままの御朱印帳。紺色の布地に描かれた青白い龍の瞳がこちらを見ているような気がした。

――八坂神社の社務所か交番に届けなくちゃ。

そう思ったものの、またあの〝モジャモジャのボサボサ〟に出くわしてしまいそうで、八坂神社に届ける気にはなれず、溜め息をつく。

「近くの交番、ネットで調べてみるか……」

バイト先へ行く途中に派出所でもないものか、とスマホを触り始めてすぐにウトウトしてしまい、目的の交番を見つける前に仮眠してしまった。


目が覚めて壁の時計を見ると、午後五時二十分……。

――やば……！

急いで上着を羽織《はお》り、バッグを掴んで階段を駆け下りて、豆腐屋の勝手口から外へ出た。すると、透真は店の軒下に立って分厚い単行本を読んでいる。

「すみません！　お待たせしてしまって！」

「いや、俺も今来たとこ」

開いたページから顔を上げ、やわらかく笑う透真。バイト中もこんな顔をして微笑んでいたのかもしれないが、職場での彼はいつもマスクをしているし、これまで透真のことをまったく注意して見ていなかったからわからなかった。

「なに読んでるんですか？」

優しげな目元に見惚れそうになるのを無理に隠そうとしたせいか、少しつっけんどんな聞きかたになった。が、彼はそれに気づいた様子もなく、「これ？」と聞き返しながら、また穏やかに微笑む。

「民俗学《みんぞくがく》の論文。日本書紀《にほんしょき》について、新しい視点で書いてあるねん」

「本当に好きなんですね。古事記とか日本書紀とか」

文香は昼間、透真が陶酔するような目でボサボサ男の風貌を眺めていたのを思い出し、思わず笑った。

「好きなんてもんやないわ。めっちゃ面白いし、クールな世界やで。マジでハマってるねん。せやけど、実は俺も、最初はあんまり興味なかってん」

そう言って、透真は単行本を閉じて歩きだす。文香も並んで足を踏み出しながら聞き返した。

「え？　昔から『日本の神話』が好き、とかじゃないんですか？」

「いや、興味が湧いたのは大学生。それも三年になってから。普通に一番ゆるいって評判のゼミをとってみたら古典文学やった、っていう不純な動機。せやけど、研究し始めたらメチャクチャ面白なってきて」

「へえ。じゃあ先輩って、文学部なんですか？　学校、どこですか？」

奇遇にも、文香は文学部だ。家も近所で、もしかして大学まで同じだったりしたら一緒に通学できたりして、と文香は期待した。

が、「京都大学《きょうとだいがく》の三年生やけど」という返事にぽかんとする。

「え？　京都大学って……京大のことですか？」

「まあ、略すとそうやな」

「み、見えないですねえ……」

バイト先での地味で勤勉そうな透真なら、まだ納得できなくもない。が、目の前の派手な茶髪男子に旧帝大の名は似つかわしくないような気がする。

「悪かったな。自分は……同志社《どうししゃ》とか？」

『自分』という二人称になかなか慣れない文香だったが、透真に言われると不思議に違和感がない。けれど……。

「な、な、なんでわかるんですか？　京都には山ほど大学があるのに」

「いや、なんとなく雰囲気。京都の町とか、煉瓦造りの教会がある、ミッション系大学に憧れて、都内の進学校からこんな地方都市までノコノコやって来た感じ？」

「どどどうしてそれを……！　ノコノコは余計だけど、そのとおりです。高校は東京でもそれなりの進学校でした」

「なんや、図星やったんや」

さもおかしそうにカラカラ笑う透真を見て、文香はふと訝った。

「ていうか、私の履歴書とか見ました？　すごい占い師でも、さすがに大学名までは当たらないと思うんですけど」

「あ。バレた？　俺、バイトリーダーやし、バイト選考も意見とか聞いてもらえるねん。もちろん、個人情報は漏らさへんから安心して」

観光客たちのあとについて四条通をだらだら歩きながら、文香は「なんだ」と漏らすが、内心はホッとしていた。自分の心の中を見透かされるのには、抵抗があったからだ。いつも、寂しい、寂しいと思っている心の中を覗かれるのは……。

「んじゃ。帰りも家まで送ったるから」

気がつけば、郵便局の職員用通用口まで来ていた。

「え？　でも……」

「夜の方が怖いやろ？　ひとりで歩くの」

「あ、はい……。そのとおりです。ありがとうございます」

「んじゃ、あとでな」

人懐っこい笑顔を見せた割には素っ気なく、彼はドアを入ってすぐの場所にある男性用更衣室へと消えていった。

——よく笑う人だ。

整った顔の、形のいい唇の口角は終始上がっていた。

——そして、とても親切だ。

ただ、そのあっさりした態度からして、自分が異性として好意を持たれているようには思えなかった。

文化や風習を頑固なまでに守ってきた京都人は、どちらかと言えば排他的だと思い込んでいた。にもかかわらず、透真はとても優しくしてくれる。文香には透真がどういうつもりで自分によくしてくれているのか、まったくわからなかった。

——理由はわからないけど、飛鳥井先輩みたいな親切な人と知り合えてよかった。

文香はいつになくほっこりした気分になって通路を奥へと歩き、郵便課という部屋の更に奥、上に【仕分室】と表示のある扉を押した。

「おはようございます」

文香が入室しながら声をかけると、明るい部屋の中にいる三人の女性が「おはようございます」と返す。ここでの挨拶は何時に出勤しても「おはよう」だ。シフト制の職場だからね、とバイトの初日に職員さんから説明された。芸能界みたい、と思ったが、今では慣れてしまった。

「今日は郵便物、わりと少ないから楽勝やわ」

そう言ったのは、シフトが終わり、文香と入れ替わりに席を立って帰り支度を始める主婦の三宅《みやけ》さん。彼女は文香より少しあとに入ってきたパートさんだ。エプロンを外しながら「お先に」と言う三宅さんを、文香は会釈《えしゃく》だけして見送った。

「お疲れ様でしたー！」

文香とは対照的に元気な声で三宅さんを送り出したのは、女子高生ふたりだ。

仕分室の真ん中にある大きなテーブルのいつもの席についているふたりは、三宅さんが出て行ったあと、小声で、

「今、楽すると年末年始が大変やんなあ」

「そうやんなー。今はオフシーズンだから楽なだけやのにね」

「三宅さん、入ったばっかだから知らへんのよ。年末年始の地獄」

「今が普通やと思うてたら年末年始に痛い目を見るわ」

「せやんなー。その前に暑中見舞いシーズンもあるし」

と、ささやきあう。物知り顔で笑い合っているふたりは、実夕《みゆ》と葉月《はづき》。

最初に自己紹介をしあったが、文香は彼女たちの名字を覚えていない。ただ、どちらも地元の公立高校に通う十七歳で、高一の頃から放課後、ここでアルバイトしているということだけは覚えている。

幼馴染みで学校もバイトも一緒。ふたりとも肩につくかつかないかぐらいのセミロ

ングで同じようなストレートヘア。色違いの可愛い小花柄の腕抜きで、制服の袖口が汚れないようカバーしている。そんな双子のような外見からも、ふたりの仲の良さが伝わってくる。

新参者《しんざんもの》の自分が、ふたりの間に割って入ることなどできないと文香にもわかっていたが、同じ職場で働く間だけでも仲良くできないものかと、お菓子や飲み物を差し入れたり、話しかけたりしてみた。

けれど、彼女たちは文香に話しかけられること自体どこか迷惑そうに見えたので、やがて仕事に関わる会話しかしなくなった。

——さて、仕事、仕事。

いつもより軽やかな気分で、仕分室の一角に置かれている大きなケースの前に立つ。

文香たちがまずやるのは、郵便局へ運び込まれて来た郵便物を種類ごとに分ける、『取り揃え』と呼ばれる仕事だ。ケースの中に入っている雑多な種類の郵便物を封書、ハガキ、速達、大型、私製と分類し、それぞれを専用のケースに入れるのだが、この時、必ず向きを同じにしなければならない。このあと、郵便番号を読み取る区分機にかけるためだ。

前のシフトの残り分をすべて取り揃えて、専用ケースに入れ終わった頃、コンコンと仕分室の扉を軽くノックする音がした。

「はい。これ、機械で仕分けできなかったやつ。よろしく」

その声と一緒に、グレーの作業着にマスクをしてキャップをかぶった男の人が入ってきた。

——あ。飛鳥井先輩だ……。

名前は知っていたが、さっきまで名前を呼んだことすらなかったバイト先の先輩。ここでの彼はいつもキビキビしていて、隙がないように見える。けれど、バイト仕様の地味な服装の下に隠されている、私服は派手だが親切なキャラを知ってしまった今、文香はこれまでにない親しみを感じた。

文香が、透真の指示に対してなにか気の利いた返事をしたいな、と思っているうちに、実夕が甘ったるい声で「飛鳥井さぁん。今日もラーメン、連れていってくださいよぅ」と言った。

——え？

文香は透真と女子高生がバイト帰りにラーメンを食べに行くほど接近しているとは知らず、思わず目をぱちぱちさせてしまう。というか、実夕の言いかたからして、それは今に始まったことではないらしい。間違いなく、彼女たちは業務時間外の透真を知っている。今まで職場の人間関係にまったく興味がなかった自分に、改めて呆れる文香だった。

「残念。今日はアカンねん。また、今度な」

たぶん、帰りに道草できなくなった原因であろう文香の方には視線を向けることもなく、透真は女子高生ふたりに冗談ぽく言う。

「え〜？　用事あるんですか〜？」

今度は葉月の口から不満そうな声が漏れる。

「うん。まあな」

マスクを通していても艶のある低い声がはっきりと鼓膜に届き、文香はわけもなくドキドキした。帰りに家まで送ってもらうことを、絶対に彼女たちに知られてはいけないのだ、と思って。

「んじゃ、諸君、しっかり仕事に励めよ」

冗談ぽく語尾を持ち上げた透真は、文香を含めて女子三人が囲むテーブルの上に、段ボール箱を置いた。

それは彼が働いている機械室から定期的に運ばれてくる箱だ。その中に入っているのはハガキや封筒。

書状区分機《しょじょうくぶんき》と呼ばれる大型機械で自動的に仕分けができずに弾かれたものだ。弾かれる理由は郵便番号の記載がなかったり、書かれている位置がズレていたり、数字が不鮮明だったり……。

弾かれた郵便物は、この部屋で待機している文香たちアルバイトやパート職員が、郵便番号を調べてPCに入力し、そのあと、人間の目には見えない特殊なインクでバーコードを付与しておおまかな配達地域ごとに分ける。

文香たちが取り揃えた郵便物をケースごと抱え上げた透真が仕分室から出ていくと、実夕と葉月はいつものように段ボール箱をひっくり返し、郵便物でできた山を手で崩して平らにした。

「飛鳥井さんがラーメン断るって、珍しない？」

「だよね？　まさかのカノジョできたとか？」

「え〜？　いやや〜ん。皆の飛鳥井さんでいといてほしいわ〜」

女子高生たちの言葉ひと言ひと言に、心の中で『え？　そうだったの？』と聞き返しながら、文香はテーブルの上に広がる郵便物の海から一枚の封筒を手に取る。

——人気あったんだ、飛鳥井先輩。

まあ、人当たりがいいし、優しそうだし、なによりキャップとマスクを取ったらかなりのイケメン。女子から好かれるのは当然なのかもしれない、と文香は納得した。

そしてそのあとは、雑念を振り払い、ひたすら郵便物の仕分けに没頭した。どうして、郵便番号を書かなかったり、決められた場所に丁寧な数字で書けない人がこんなに多いのだろうかと不思議に思いながら。

「けど、いい加減、飽きてきぃひん？　このバイト」

　手にしたハガキを選別しながら、葉月が実夕に話しかける。最近の文香が思っていたことを代弁するかのように。

「うーん。そやけど、こんなに楽で時間の自由がきくバイトなんて、そうそうないやん？」

　実夕は答えながら、視線を落としていたハガキを他局行きの箱へ放り込む。

「たしかにコンビニより楽やし、待遇《たいぐう》ええし、休みも取りやすいしなあ」

　葉月もうなずきながら、「これなんていう字やろ？」と封筒の文字に目を凝らしている。

「それに、飛鳥井さんもおるしねー」

　ふたりは同時に言って、フフフと笑いあったあと、ようやく文香の存在を思い出したかのように、彼女の顔をちら、と見て口を噤《つぐ》む。

　その様子を見た文香はふと、実はこんな会話はこれまでもあったのかもしれない、と職場のことに無関心だった自分を反省した。

　――よし。終わった。

　文香は自分の担当である地域の郵便物を選り分けて輪ゴムで束ね、席を立った。

仕分室を出て、通路を挟んで向かいにある『区分室』のドアを開けると、広大なスペースに巨大な本棚のようなキャビネットが並んでいる。

仕分けてきた郵便物をエリアごとに仕切られた棚に差し入れていく。ある程度の地域に仕分けた郵便物を、更に細かい区分に分けるためだ。

あまり労力を必要としない単調な仕事だが、彼女はこの場所での孤独な作業は嫌いじゃなかった。手元の郵便物が減っていくと、なんだか気持ちがすっきりするからだ。

文香は手早く棚入れ作業を進めた。

京都という土地柄だろうか、他局エリア行きは美しい絵ハガキが主流だ。旅情《りょじょう》あふれる古都の景色が刷り込まれたハガキに、一筆添えて家族や友人に送る人が多い。

旅先から近況を知らせたいと思う相手がいるなんて、羨ましいような、面倒くさいような……。複雑な気持ちになりながらも、手にしている美しい絵手紙に見惚れる。

とはいえ、ここでのアルバイトには守秘義務《しゅひぎむ》があり、必要以上に文面や宛先を見てはいけないことになっている。

文香はパステル調の色彩で描かれた金閣寺《きんかくじ》のイラストから視線を逸らし、宛先から該当する棚を見つけ、そこにハガキを差し込んだ。

エアコンが入り始める七月になるまではまったく気づかなかったのだが、ハガキや封筒は知らず知らずのうちに皮脂を奪い、指先の乾燥がひどくなってきた。初夏でもこれなのだから、このままでは冬にはあかぎれになりそうだ。

——この仕事、いつまで続けるのかな、私。

女子高生たちの会話を聞いてしまったせいか、この単調な仕事が本当につまらないものに思えてくる。

「安藤、もうあがれる？」

不意に背後から声をかけられ、文香の両肩がビクリと跳ねた。

——び、びっくりした……。

心の中で呟いてから振り返ると、飛鳥井透真がいつもの作業着から私服のアロハとデニムに着替えて立っていた。

それほど仕分け作業に集中していたつもりはなかったのだが、壁の時計を見ればもう午後九時半だ。

「あ、はい……。あとこれだけやったら、終わりです」

「半分、貸して」

これだけ、と言って見せた郵便物の半分ほどを透真がひょいと摘まみ上げた。

「あ、ありがとうございます……」

黙々と仕分け作業をする透真の横顔をチラチラ眺めつつ、文香も自分の手に残った郵便物をそれぞれの棚に差していく。

「あのー……」

文香はなんとなく、口を開いた。

「飛鳥井先輩はどうしてこのバイトやってるんですか？」

普段着の透真にこのアルバイトは地味すぎる気がして、文香は尋ねた。

「うーん……。なんか、手紙とかええやん？」

「は？　そんなボヤッとした理由なんですか？」

それにしては熱心だ。

「メールとかＳＮＳもええけど、手紙って古風で文学的やん？　人の手で文字にされた気持ちを届ける手伝いができるやなんて、なんとなく、ええと思わへん？」

「それは……そうかもしれませんけど……」

「よっしゃ、終わったー！」

十分ほどで作業が終わり、文香は透真と一緒に裏口から郵便局を出た。

もう十時近いせいか、さすがの都大路も観光客の姿は減り、サラリーマンらしき背広姿の人が多い。接待や飲み会の帰りといった雰囲気だ。

「えらい白い月やなぁ……」

空を見上げた透真が呟く。

「ほんとだ、月、白〜い」

こうやって誰かと並んで歩くのも久しぶりだ、と文香は涼しい夜風を頬に感じて歩きながら、透真に倣《なら》って夜空に目をやる。

が、その視線を下ろした瞬間、文香の心臓はギクリと音を立て、全身が凍りついた。

――うわ……っ！

声にならない悲鳴を上げた文香の足が止まる。

数人の通行人の向こうに、あの時代錯誤《じだいさくご》な服装をして、伸びきった髪と髭に顔を覆われている男が立っていた。

「うん？」

文香の異変に気づいた透真が彼女の視線の先を追う。

「あ！」

文香の恐怖を後目《しりめ》に、透真は嬉しそうな声を上げた。しかし、男はウエルカムな表情を浮かべている透真には目もくれず、恐怖に立ち尽くす文香の方に向かってくる。

「娘！　探したぞ！」

「ひっ……！」

悲鳴を上げた文香は反射的に透真の背後に隠れる。そして、小声で「先輩、逃げましょう」と囁くが、透真は微動だにしない。昼間のように陶酔の表情を浮かべてボサボサ男を見つめている彼が、文香には容易に想像できた。

「娘、なにゆえ逃げるのだ」

「ふつう、逃げるでしょ。変な格好した見ず知らずのおじさんから頼み事されそうになったり、追いかけられたりしたら」

透真の背中は文香に落ち着きを取り戻させ、逆ギレしているらしいモジャモジャ男の言動は、恐怖を怒りに変化させる。もちろん、目の前に透真という頼もしい壁があるから強気で言い返せるのだが。

「そもそも、あなた、誰なんですか？」

文香は強い口調で言ってから、すっと透真の背中に隠れる。さっきから、その繰り返しだ。

「わたしか？　わたしは須賀《すが》のスサノオだ」

透真の背後から、ちらりと窺うと、男が胸を張っている。

「ス、スガ？　スサノ……？」

文香が首を捻ったとき、彼女と男の間に立っている透真が、「出雲《いずも》の須賀のことですか？」と冷静な声で尋ねた。

「うむ。出雲の国だ」

深く頷くもじゃもじゃ。

「出雲って、島根県？」

背後から確認する文香に、透真の横顔が「うん」と頷いた。

「最後に落ち着いたのは出雲だが、わたしを祀《まつ》る社は日本のいたるところにある。どの社にでも住めるのだ」

自慢げに言う男に対して、文香が言い返した。

「この前も突然消えたりしましたよね？　どんなマジックか知りませんけど、そんな自由にどこへでも移動できる能力のある人が、どうして私に頼み事なんて……」

「姉上にわたしの気持ちを届けてほしいのだ」

スサノオと名乗った男は、急にもじもじし始め、子供みたいな態度になった。

「は？　お姉さんに気持ちを？　そんなこと？」

文香は男が自分を追ってきた理由に拍子抜けする。

「言いたいことがあるんなら、自分で言えばいいじゃないですか。相手は自分のお姉さんなんですよね？」

文香の指摘に、スサノオは「ぐぐ……」と悔しそうな声を漏らす。

「できないから頼んでおるのだ。お前は郵便屋なんだろう？」

「郵便屋じゃありません。ただの仕分けのバイトです！」

横柄かつ理不尽な頼みに、文香はますます腹が立ってきた。

「あのお、お話し中、すみません」

その時、透真がやんわり口を挟んだ。

「まず、基本的なことをお伺いしますけど、どうして安藤と俺にはあなたが見えて、他の人たちには見えてへんのですか？」

——確かに……。

昼間の舞妓さんたちもそうだったが、これだけ時代錯誤で存在感があるワイルド系の不審人物が目の前にいるにもかかわらず、今ここを行きかっている通行人たちも、まったく彼に注目していない。

すごいマジシャンなのか、京都の人たちが見慣れている番組の撮影なのか、はたまた大衆は関わりを避けている、ちょっと危ないことで有名な人なのか。

答えによってはこっちも対応が変わってくる、と文香は男の返事をじっと待つ。

「それは、お前たちがあの御朱印帳に触れたからだ」

男の回答は文香がまったく想像していなかった方向から飛んできた。

「へ～？　これって、そういうシステムなんや……」

驚きの声を上げる透真。文香の頭の中には、ノートに触るとキャラの濃い死神の姿が見える、という人気コミックのタイトルが浮かぶ。

——てか、飛鳥井先輩、そんなヘンテコな返事でもう納得してるの？

彼がこの状況をあっさり受け入れていること自体、文香には驚きだった。それもこれも、神話の世界への愛がなせる業なのだろうか。そう思いながら、文香は形のいい後頭部を見上げて首を傾げる。

「だが、その御朱印帳に触れることができるのは選ばれし人間だけだ」

と、スサノオは更に信じがたい〝設定〟を付け加えた。

「出たー。選ばれし者、とか言いながら自分たちに都合のいい適当なルール」

透真の陰に隠れて文香が発した言葉に、スサノオがムッとしたような声で言い返す。

「ルールなどではない！　太古の昔より、『神々の御朱印帳』とはそういうものなのだ！」

その怒りを宥《なだ》めるように、透真が続けた。

「まあ、まあ。でも、あなたが本当に『スサノオノミコト』だとしたら、その『姉上』というのは『アマテラスオオミカミ』ですよね？」

「だとしたらだと？　無礼者め。わたしはスサノオだと言うておろう。そして姉はアマテラスだ。間違いない」

その斬《き》りつけるような口調と視線に文香は身が縮む思いだったが、透真は飄々《ひょうひょう》と続ける。

「確か、あなたが祀られている八坂さんの中に、天照皇大神《あまてらすこうだいじん》を祀った社もありますよね？　歩いてすぐの社に出向いて話せない。つまり、なにか理由があるんですね？」

透真がソフトな口調で続けた。

言われてみれば、八坂神社にはたくさんの神様が祀られている。透真が言うように、確かに八坂神社にはアマテラスを祀る社もあったな、と文香は思い出す。

「そんなことはわかっておる」

その正論にスサノオは一瞬、言葉に詰まりながらも悔しげに続けた。

「わかっておるが、姉上はわたしを避けておるのだ。普段、姉上は伊勢の内宮《ないくう》におられる。だが、わたしが出雲を出て伊勢神宮へ行くと、姉上は他の社に移ってしまわれる。わたしから逃げて各地を移動する姉上を追って八坂神社まで来た。姉上を祀っている社は数多《あまた》あるのだ。わたしを祀っている社の比ではない。それに、わたしは姉上が張った結界の中には入れぬのだ」

どうやらこれは、全国津々浦々の神社を舞台にした壮大な姉弟喧嘩のようだ。

――いや、もはや姉弟喧嘩の域を越えてるような……。

「相当嫌われてるんですね」

文香が胸の内で呟いたセリフを、透真がサラリと口から出すと、スサノオが唇を噛みしめ、また「ぐぐぐ……」と唸るような声を漏らした。

「まあ、無理もないかあ……」

ふと、透真がなにか思い出したように呟いた。

「スサノオといえば、ひどいマザコンで母親のイザナミに会いたいって駄々をこねたり、アマテラスがせっかく海を与えるから治めろって言ってくれたのに、アマテラスのいる高天原《たかまがはら》に乱入して非道の限りを尽くしたりしたんだからなあ。しかも、スサノオが感情的になって歩くだけで地震が起きたり雷鳴が轟《とどろ》いたり、って古い書物に記されてますよね」

スサノオが姉のアマテラスから嫌われている理由を、さらさら口にする透真。

どうやら心当たりがあるらしく、恐ろしい形相で透真を睨みつけていたスサノオが、

「あの頃のわたしはどうかしていたのだ」

と、その表情に悲しげな色を混ぜて項垂《うなだ》れる。

——ほ、ほんとだったんだ……。飛鳥井先輩が言ったこと……。

そういえば、昔、文香が父親に読んでもらった絵本の中に、そんな乱暴者の神様がいたような記憶がある。名前や詳しい内容はすっかり忘れてしまっていたが……。

過去の悪行を改めて透真の口から語られてしまったスサノオは、それまでの勢いと威厳《いげん》を失い、すっかりしょんぼりしてしまった。意気消沈《いきしょうちん》しているスサノオは、叱られてしょげかえる子供のようだ。

そんなスサノオを見て文香は少し可哀想になった。

なによりも、さっき透真が語った「母親のイザナミに会いたいって駄々をこねた」

という逸話に文香は強く共感した。

――私だって、保育園から帰る時、他の子がお母さんと仲良く手をつないでいるのを見て泣いた。私だって、お母さんに会いたいっていう気持ちが強くなりすぎて、天変地異が起きるんじゃないかってほど泣いたことがある……。

過去の自分とスサノオの逸話が重なる。その寂しそうな表情が文香の胸に迫った。

「て、手紙……。ほんとに届けるだけでいいんなら……」

ついつい同情してしまい、文香がおそるおそる申し出ると、スサノオはすぐにパッと顔を上げた。その瞳は一瞬にして光を取り戻し、急に偉そうな態度になる。

「そうまで言うなら、お前にこの仕事を任せよう。御朱印帳を出しなさい」

「は？」

――さっきまでのしおらしい態度はなんだったんだろう……。

その豹変《ひょうへん》ぶりに絶句しながらも、もう断れるような状況ではなく、文香は仕方なくバッグから御朱印帳を取り出した。

だが、スサノオがそれに手を触れようとする様子はなく、文香が差し出した帳面の上に手のひらを翳《かざ》し、目を閉じて、口の中で呪文みたいなものをつぶやき始める。

すると次の瞬間、御朱印帳が不意に文香の手を離れ、ふわりと宙に浮いた。

――バサバサバサバサ――……。

て音をたてる。
——蛇腹《じゃばら》のように折りたたまれている御朱印帳の白い紙が空中で開き、風になびい
紙の上に見えない筆が走っているかのように、墨で書いたような流麗《りゅうれい》な文字が白紙
——サラサラサラサラ——……。
の上に浮かびあがってきた。
——パチン！　パン、パン、パン！
今度は爆竹《ばくちく》が弾けるような音がして紙が揺れ、流れるような筆跡のところどころに
朱色の印が押される。それは文香の目に、大小の落款《らっかん》のように見えた。
——な、なに？　なにごと？　今、なにが起きてるの？
文香は目の前でマジックでも見ているような気分になった。
が、文香と透真の脇をすり抜ける通行人は、宙に浮いている御朱印帳にも、怪しい
風体の男にも見向きもしない。ただ、そこに立ち尽くしている文香と透真を避けて歩
きながら、通行の邪魔だと言わんばかりに横目で睨むだけ。
ふつう、目の前でこんな不思議な現象が起きれば、誰でも立ち止まって見るだろう。
——やっぱり、マジックや撮影じゃない。これは現実なんだ……。御朱印帳に触っ
たことのない人たちには、なにも見えてないいんだ……。
文香は目の前の不思議な光景に見惚れ、身動きすることもできなかった。

口の中で呪文のようなものをぶつぶつ唱えていたスサノオが、最後に、

「ええいっ!!」

と念を込めるような大声を上げ、ようやく顔を上げた。

体力を消耗し、魂が抜けたようになったスサノオは、ようやく表情を緩めた。

やがて、文香の手の上に、ふわりと御朱印帳が降りてきた。元の様子のとおり、中の和紙が綺麗に畳まれた状態で。

「この御朱印の中に、わたしの気持ちが詰まっている。これを姉上に届け、姉上の手で開いてもらってほしい」

「開く？　御朱印帳を？」

「うむ。届ければすべてわかる」

そう言われ、自分の手に戻ってきた御朱印帳を、改めて文香が広げてみると、白紙だったはずの一ページ目に、毛筆で【素戔嗚尊《すさのおのみこと》】と強い筆致でしたためられた文字と、文字と、ところどころに正方形や円形、三種類の朱い落款が押されていた。

――たったこれだけ？

さっきは宙に広がった紙の全面に、流麗な文字が書かれていたような気がしたのだが、こうして見ると、神社仏閣でもらう普通の御朱印と同じように見える。大きくしたためられた【素戔嗚尊】の文字と数種類の落款が一ページに収まっているだけだ。

ただ、その絶妙な配置と美しさに目を奪われたまま、文香は尋ねた。

「けど、アマテラスさんは八坂神社にいないんですよね？　数多ある社をどうやって探せば……」

「うむ。日本中を転々とする神もいれば、ずっと同じ神社にどっしり構えている神もいる。だが、神には、その時その時の他の神々の居場所がわかるのだ。姉上は今、山《やま》科《しな》の社におられる」

「山科？」

山科という地名は聞いたことはあるが、具体的にどのあたりにあるのかはわからず、文香はポカンと聞き返す。すると、横から透真が、

「お任せください。あの辺の地理はよう知ってます」

と勝手に請《う》け負《お》ってしまった。

「頼んだぞ」

スサノオは大きく頷き、フォログラムのように揺れながら消えた。

消滅する寸前のスサノオの、救いを求めるような瞳が、文香の網膜に焼きついた。

――なんとかしてあげたい。けど、私ひとりでスサノオさんの願いを叶えてあげられるのかな……。

文香は義務感と不安とで胸がいっぱいになった。

それなのに、透真は瞳をキラキラさせている。

「ヤバい。やっぱー。やっぱホンモノは凄い迫力や。安藤についてきてマジでよかったわ。ホンモノのスサノオにまた会えるやなんて最高や！」

神様に再会できた感動に打ち震えている透真に、文香は疑惑の目を向ける。

「あのー。もしかして、そのために私の送迎してくれたんですか？」

「え？　あ。い、いや、もちろん、一番は安藤の身を案じてボディガードを買って出たんやで？　けど、なんとなくまたあの男……、つまりスサノオが安藤の前に現れるんやないかっていう予感と期待はあった」

一瞬、ぎくり、としたような顔になった透真を見て、やはりボディガードの理由は「同僚だから」というだけではなかったのだ、と文香は納得した。

「いや、薄々は気づいてましたよ？　なんかあるって。ただのバイト仲間にしては親切すぎると思ってました」

「いや、安藤があんまりにもビビッてるから、マジで心配はしてたんやけど、古事記の世界に目が眩《くら》んだんは事実や」

透真が、面目ない、と言って冗談ぽく笑う。

「まさか、先輩。あのモジャモジャのボサボサを見て、最初から神様だって思ってたんですか？」

「いや。さすがにそれはない。ただ、あの衣装は本物っぽいなー、て思ってた。どこその博物館で借りてきたんかなー、とか、ちょっとだけ見せてほしいなー、とか」

やっぱりかなりの神話フリークだ、と文香は改めて感心する。

「んで、いつ行く？　山科」

彼はスサノオとの再会がよっぽど嬉しかったらしく、そわそわとスマホのアプリでスケジュールを開く。

「え？　ついて来てくれるんですか？」

成り行きで御朱印帳を届ける約束をしたものの、文香には土地勘がない。地元民であり神話好きの透真が一緒に来てくれるなら心強い。なにより、神様の御朱印を神様に届けるなどという責任重大な任務を、ひとりでやり遂げる自信がなかった。

「あったり前やん！」

その返事を聞いて、ここはもう透真の〝神話好き〟を利用させてもらうしかない、と文香は決心した。

「じゃあ、今週の日曜日でもいいですか？」

頼まれ事はさっさと終わらせたいというのもあったが、それ以上に、網膜に焼きついたスサノオの切羽詰まったような、そして寂しげな瞳が、彼女の気持ちを急かす。

「急すぎますかねえ？」

これでも早めに設定したつもりだったのだが、透真は、「そやな。日曜日はふたりともシフトが入ってないしな。けど、俺、あと四日も待てるんかな」と自信なさげに笑う。

「たった四日しかないんですけど」

心の準備すらできそうにない、と文香は戸惑う。

大丈夫、大丈夫、と安請け合いしてから再び歩きだした透真が不意に溜め息まじりに呟いた。

「けど、ええなあ、安藤は」

「は？　なにがですか？」

「古事記の世界の方から寄ってくるやなんて、羨ましい限りや。こっちは毎日、必死で研究して追いかけてんのに、たまたま安藤にくっついてたお陰で会えただけ、みたいな？」

「いいじゃないですか、一緒に御朱印を届けるんだし」

「せやけど、スサノオは明らかに安藤をメインとして扱うとる。俺の方はチラッと見ただけやった。たぶんやけど、先に御朱印帳を拾ったってだけでやで？」

その言いかたにはジェラシーのようなトーンが含まれているような気がした。

――こんな面倒な御朱印帳、好きで拾ったわけじゃないんだけどな。

溜め息をつき、自分の手元に視線を落とす文香。

「なんで、俺に拾われてくれへんかったんやろ、その御朱印帳……」

透真が羨ましさを通り越して妬ましそうな目線を、文香の持っている龍の表紙に送ってくる。

だが、透真にもスサノオが見えるということは、彼も選ばれし者には間違いないだろう。にもかかわらず、自分に頼み事をしてきた理由は、自分が御朱印帳を持っているからに違いない、と文香は推測した。

「あのー……。なんならこの御朱印帳、先輩にお譲りしても……」

透真の落ち込み具合を見て、文香の方から提案した。

仕方なく持っている自分よりも、ありがたがってくれる人に望まれて所有される方が御朱印帳も幸せな気がしたからだ。

「え？　譲る？」

「飛鳥井先輩ひとりなら、お互いのシフトを調整しないで済むし、もっと早くにスサノオさんの願いを叶えられるんじゃないですか？」

「マジで!?　そうやな。俺だけやったら、午前中の講義さぼって明日の朝イチにでも行けるで」

名誉ある権利を受け取るみたいに瞳を輝かせた透真が、文香の差し出す御朱印帳にうやうやしく手を伸ばしたのだが……。

「アイタタタタ……！」

透真が引っ張っても、なぜか御朱印帳は文香の手のひらに張りついて離れない。振り払っても、振り払っても、瞬間接着剤でも塗られているかのように、御朱印帳は外れなかった。

「な、なんで……」

文香は痛みで半泣きになりながら透真を見上げる。

「やっぱ安藤が、スサノオに見込まれたていうことなんやろな……」

溜め息を吐いた透真が御朱印帳から手を放すと、それは吸着力を失い、文香の手の痛みも消えた。まるで文香から離れないという強い意志を持っているかのように。

意中の女子に振られた男子のように、がっくりと肩を落とし、また歩きだす透真。

「でも、御朱印帳に触れることができるのは、選ばれし者だけだって言ってましたよね？　てことは、飛鳥井先輩も選ばれし者なんですよね？」

透真の様子があんまり可哀想で、文香はフォローしながら彼のあとを追うように足を速める。

「それはそうかも知れへんけど、なんかオマケ的な感じがするねんなあ。肝心の御朱印帳は安藤にくっついて離れへんし。安藤が水戸黄門《みとこうもん》で、俺が助《すけ》さんか格《かく》さんのどっちか、みたいな」

「あんまり嬉しくない喩《たと》えだけど……」

どうして自分が配達人に選ばれたのか、その理由がわからない。文香は悶々《もんもん》としながら夜の路地を歩き続ける。

「ところで、山科ってどこにあるんですか?」

「四条から地下鉄で十五分くらいやな」

「へぇ。意外と近いんですね」

ふたりが住んでいる先斗町から、京都市営地下鉄の四条駅は目と鼻の先だ。ということは、トータルしても三十分かからないだろう。

「んじゃ。日曜日、朝八時にここで待ってるわ」

気がつけば、豆腐屋の前まで来ていた。

「今日はありがとうございました。ひとりっきりの時に、もじゃもじゃの神様に再遭遇してたら、私、気を失ってたかもしれません」

文香は笑いながらも本気で丁寧にお礼を言ってから、ふと気づいた。

——私だけだったら、神様の頼み事なんて、非現実的で非常識な出来事を受け止めるのは無理だったかもしれない。

自分が選ばれた理由は不明のままだが、透真の役割はわかったような気がした。彼はきっと、自分に平常心を保たせて目的を遂行《すいこう》させるための精神安定剤であり、恐ろしくポジティブなボディガードとして選ばれたのではないか、と文香は推測した。

——日曜日か。

自分ひとりなら気が重い任務だが、一連の出来事を前向きに楽しんでいる透真と一緒だと思うと、なんとなくワクワクしてくるから不思議だ。

——思えば、京都へ来てから休みの日に誰かと一緒に出かけるなんて、初めてのことだ。

そんなことをぼんやりと考えながら、文香は狭い石畳の道を引き返す透真の背中を見送った。

月の光が彼の足元を明るく照らしていた。

第二話　クールな神様・アマテラス／日向大神宮

それからの四日間、文香はそれまでどおり、早起きをして豆腐屋の仕込みを手伝い、大学で講義を受けてから、バイトへ行くという生活を続けた。

変化といえば、時折、もじゃもじゃの神様、スサノオが物陰から半分だけ顔を出し、微笑みながら文香を見守るようになったことだ。

早く届けろ、という微妙な圧力のようなものは感じるものの、その表情が優しくなったせいか、以前のような恐怖心はなくなったので、透真によるバイト先への送迎は丁重に断った。女子高生ふたりの視線が怖かったからでもある。


そして、やってきた日曜日。

今日も豆腐屋の前は買い物客でにぎわっている。手伝いたい気持ちを抑え、店先を抜ける。

飛鳥井透真も混雑している場所を避けるように、まだオープンしていない隣の甘味処の軒下に立っていた。

「おはようございます」

大きな黒いヘッドホンを首にかけている茶髪が、「おう」と振り向く。今日は和柄のアロハシャツの前が開かれており、中にTシャツを着ている。

「あれ?」

透真が着ているTシャツの中央に、モノクロの濃淡だけでなにかが描かれている。一見、スタイリッシュなイラストに見えたのだが、よく見るとそれは男の顔。その精悍な男の輪郭は乱れた髪と髭に覆われている。

「うん？　これってスサノオさんですか？」

「当たり！　あれからずっと、記憶を頼りにPCのペイントソフトで描いててん」

――相変わらずのオタクぶり。一瞬、カッコいいデザインに見えただけに残念だ。

文香は呆れたが、透真はスタイルがいいせいか、そのTシャツが全然ダサくはない。それどころか、おしゃれに見えるほどだった。

それに引き換え、と文香は自分が着ているものを見下ろす。ノースリーブのブラウスにシンプルなフレアスカートという普段着だ。

――なんと不似合いなふたりなんだろう。

地味な装いの文香は、ふたりの姿がショーウィンドウに映るたびげんなりする。

そうしているうちに駅に着いた。

「スサノオが言ってた天照皇大神を祀ってる山科の社って、日向大神宮のことやと思うねん。せやし、最寄駅は蹴上《けあげ》やな」

券売機の前でスマホの地図アプリを見せながらそう言われても、土地勘のない文香にはピンとこない。ひたすら透真にくっついて四条から市営地下鉄の烏丸《からすま》線に乗り、烏丸御池《からすまおいけ》で東西線に乗り換える。その間、目立つ透真にエスコートされているのが周囲にバレないよう、文香は彼との間に少し距離を作った。

「降りるで」

「あ、はい」

六地蔵《ろくじぞう》行きの電車に乗って十分もしないうちに、目的地である蹴上に到着した。

「ほんと、近いですね」

「そやろ？　ここは京都最古の神社のひとつで、『京のお伊勢《いせ》さん』とも呼ばれてるねん」

文香は透真が傾ける薀蓄《うんちく》を聞きながら駅を出て、三分ほど歩くと三条通《さんじょうどおり》に面する参道入り口があった。

透真の説明によると、ここ山科にある日向大神宮の名前は、五世紀の終わり、顕宗《けんぞう》天皇《てんのう》の頃、宮崎《みやざき》県にある日向高千穂《ひむかのたかちほ》の峰にある神跡《かみあと》から神様を迎えたことに由来するのだという。

文香は耳に心地よい透真の声を聞きながら、端の辺りが苔《こけ》むした趣《おもむき》ある石段を上る。その頃には通りの喧騒《けんそう》も聞こえなくなった。参道の両側、正面には木々が生い茂って、緑豊かな場所だ。

「ここで、手、洗おか」

そう言って、透真が鳥居の前にある手水鉢《ちょうずばち》の柄杓《ひしゃく》を手に取った。文香も彼に倣《なら》って柄杓で手水鉢の水をすくい、左手から清める。

地図アプリで見ると、ここは南禅寺《なんぜんじ》や永観堂《えいかんどう》といった観光エリアが近いにもかかわらず、観光客の姿はちらほら見える程度だ。

「八坂神社や清水寺《きよみずでら》と違って、静かですね」

「うん。けど、最近はパワースポットとしてテレビで紹介されるようになって、これでも昔よりはだいぶ有名になってんで」

「へえ。よく知ってるんですね」

「ここ、好きな神社のひとつやねん」

そこから坂道が続き、途中、大きな岩山が出現した。巨大な石の塊みたいな小山の中ほどに、ぽっかりと長方形の穴が開いている。

「あれが〝天の岩戸《いわと》〟や」

「天の岩戸？」

「その昔、アマテラスは岩山の洞穴みたいなところに身を隠したって言われてるねん。それもスサノオのせいやけどな」

「スサノオさんのせいで？」

「簡単に言うと、乱暴な弟のことが嫌になって、アマテラスは天の岩戸に隠れた、って古事記には書いてある」

その様子については昔読んだ絵本にも描かれていたような気がするが、すっかり忘れていた。ただ――。

「そういえば、太陽の女神であるアマテラスが隠れたせいで、世界中が暗黒に包まれた、って絵本にも書いてあったような……」

「そう。で、なんとか彼女を外へおびき出そうと一計《いっけい》を案じた神様たちが、岩戸の近くで宴会を開いたんや」

「あ、そうそう。確か、それで外のにぎやかさが気になったアマテラスが『なにごと？』って、なって」

文香は焚き火を囲んで歌ったり踊ったりして騒いでいる神様たちの楽しげなイラストを思い出した。

「そう。それで外の騒ぎが気になったアマテラスがちょっとだけ岩戸を開けたところで、怪力の神様がグッと指をかけて岩戸をこじ開けるねん」

「そうだった！　やっと思い出した！」

子供の頃の文香には神様たちが宴会をしている場面が面白く、そこだけを何度も読み返した記憶がある。

「あれ？　今はこの岩、向こうに通り抜けられるんじゃないですか？」

話が盛り上がり、怖いもの見たさでそちらへ足を向けようとした文香に、透真が、

「気持ちはわかるけど、観光は最後にして、先に使命を果たそや」

と、急に生真面目な顔になる。ついさっきまでは、先輩の方があんなに楽しく話してたのに、これではまるで自分だけが物見遊山《ものみゆさん》でやってきたみたいではないか、と文香は納得がいかない。

「てか、飛鳥井先輩。絶対、早くアマテラスさんに会いたいだけでしょ」

そう指摘しながら、文香は透真がスサノオを見る時の陶酔しきった目を思い出す。

「へへ。バレたか」

バツが悪そうに透真が笑う。

「先輩って、本物の〝神様フェチ〟なんですね」

「は？　フェチ？」

きょとんとしたあとで、そうかもしれへん、と真顔で頷く透真を見て、文香は「今さら？」と、噴き出しそうになった。

「お伊勢さんと同じように、ここにも内宮と外宮《げくう》があって、アマテラスは内宮に祀られてるねん。ほら、あの社や」

大和朝廷の遺跡を再現したような外宮の前を通り過ぎ、境内の中にある橋を渡りながら透真が指さしたのは、文香が想像していたのよりだいぶ質素《しっそ》な社だ。

ふたりは内宮の前に立って、がらんとしている社の内部に目をやった。

——拝殿《はいでん》で待て。

すると、その時、凛《りん》とした女の声が鼓膜に語りかけてくるように響いた。

「拝殿?」

突然聞こえた声に、ふたり同時に声を上げていた。

「先輩、今の、聞こえましたよね?」

文香は、声の主を探そうと、自分と同じようにキョロキョロ辺りを見回している透真に確認した。

うん、と頷いた透真が興奮気味に叫ぶ。

「アマテラスか!?」

姿は見えないが、やはり透真にも女性の声は聞こえたようだ。

「拝殿って、あれですかね……」

見れば、すぐ近くに立派な社がある。決してきらびやかではないが、広々として美しい。

「あれ?」

一緒に拝殿へ向かいかけていた透真が不意に声を上げた。

文香がその視線の先を追うと、舞台のようになっている建物の中央で、白いものがゆらゆら揺れている。その靄のような気体はやがて人の形を成し、ついには絵本で見たような美しい女神の姿になった。

——あれが、天照皇大神。

白い肌。床まで伸びた豊かな黒髪。額には黄金の冠。涼しげな目元。羽織っている深紅《しんく》の絹に黄金の刺繍をほどこした豪華絢爛な着物に負けない、まばゆいほどの美しさ。まさしく神々しい姿に文香は思わず睫毛《まつげ》を伏せる。

「私の胸をざわつかせているのは、お前たちか」

不機嫌そうな顔がこちらに向けられただけで、文香はひるみそうになった。

「わ、私たちは、スサノオさんから預かった御朱印をお渡ししたくてきました」

アマテラスの美貌《びぼう》に圧倒されつつも、文香は顔を上げ、ここへきた目的をなんとか訴えた。

「ス……スサノオ……ッ！」

その名前を聞いただけで、バラ色に輝いていたアマテラスの頬は色を失い、表情には怖れと嫌悪が表れる。

「お姉さんであるアマテラスさんに、これを渡してほしいって……」

文香がバッグから出した御朱印帳を一瞥《いちべつ》したアマテラスは、「ひっ」と悲鳴のような声を上げた。

「下げよ！　あれが弟だと思うだけでも汚らわしい。私の大切な国や民を穢《けが》し、踏みにじっておいて、今さらなにを伝えようというのだ！」

叫ぶように言うアマテラスは、汚い空気を吸わないようにするみたいに、着物の袖で鼻と口の辺りを押さえている。

——え？　そんなに？

スサノオからの御朱印を届けようとしただけで、アマテラスは怒り始めた。

スサノオが姉に嫌われているらしいことは透真の説明で理解していた文香だったが、正直ここまでとは思っていなかった。

だが、この役目を引き受けた時のスサノオの子供のように嬉しそうな顔を思い出すと、このまま引き返せない気持ちになる。

「あの……。とりあえず、見るだけでも見てあげてくれませんか？」

「無理」

アマテラスがそっぽを向いた。

「え？」

「弟のことを思い出すのも嫌」

神様とは思えない、その子供っぽい拒絶に文香は呆れた。その態度が、ちょっと義妹の環奈に似てる、と思ったが、今はそれどころではない。

「でも……。このまま帰ったら、きっと私またスサノオさんにつきまとわれます」

「それはそちらの事情だ。私には関係ない」

「でも……。スサノオさん、すごく反省していて」

「そんなことは信用できない」

「そんなこと言わずに、ちらっとだけでも……」

文香が食い下がると、女神は急に美しく微笑んだ。

「わかった。では、お前の話ぐらいは聞いてやろう。ただし、その匂いをなんとかしてから来るのだ」

「匂い？」

文香は自分の腕のあたりを嗅いでみるが、今朝、軽くスプレーした日焼け止めの甘い匂いしかしない。思わず、犯人はお前か、とばかりに透真の着ているシャツの腕の辺りに鼻を寄せるが、こちらはコロンだろうか、爽やかな柑橘《かんきつ》系の香りだ。

「禊《みそぎ》をしてこいと言うておる」

「禊？」

おうむ返しに聞き返したのは透真だった。

「岩戸をくぐってから来るがよい。お前たちは穢《けが》れておる。それに、微かに弟の匂いもして、我慢ならぬ」

「え？　スサノオさんの匂い？　触ってもいないのに？」

スサノオとは接触していない。移り香が残っているとすれば、御朱印帳だろう。

「わかりました」

そう返事をしたのは透真だった。

彼は、行こう、と言って、来た道を引き返し始めた。

「私たち、匂うの？」

「いや、別に……。たぶん、人間は神様にとって煩悩やらなにやらで穢れてる存在って意味やろ。しかも嫌いな弟の匂いまで運んできたわけやし。いや、むしろ、そっちの方がアマテラスにとっては許されへんのかも」

文香は御朱印帳の表紙を嗅いでみたが、こちらも無臭だ。

「私たちの嗅覚ではわからない、なにか特別な匂いみたいなものが神様にはあるんでしょうかね？　けど、岩戸をくぐるだけで、その匂いとか穢れとかが取れるんでしょうか……」

「確かなことはわからへんけど、あれも胎内《たいない》くぐりの一種やからな」

「胎内くぐりって、お寺の地下とか洞窟を歩いたりする、あれですか？」

それは文香にも経験があった。

胎内くぐりは別名『戒壇《かいだん》めぐり』とも呼ばれ、たいていは寺の床下などに設けられている暗黒の霊場だ。その狭くて暗い地下回廊を手探りで通り抜けることによって穢れがはらわれ、仏様の胎内をくぐりぬけることで生まれ変われるという修行の一種であり、京都の清水寺や長野《ながの》の善光寺《ぜんこうじ》が有名だ。

文香は以前、修学旅行で善光寺の地下を歩いたことがあった。すぐには漆黒の闇に眼が慣れず、目の前になにかよからぬ者がいそうな気がして腰が引け、なかなか前に進めなかったのだが……。

「けど、ここなら簡単にくぐり抜けられそうですね」

目の前の岩の中は明るく、数メートル先にしつらえられた小さな神社のような神棚がはっきりと見えている。出口も近そうだ。他にお参りの人もいない。

「まあ、とりあえず、くぐっとこ」

軽く言う透真の後ろにくっついて、文香も巨大な岩の中央にある穴から中に入った。長身の透真は少し屈《かが》むようにして歩いている。

——ゴゴゴゴゴ……。

——え？

背後で不気味な地響きがするのと同時に、ぽっかり空いていた入り口を、どこからともなく現れた岩の扉が横滑りするように閉ざす。そうして、入ってきたばかりの穴が消えた。

「え？」

文香が再び前を向くと、さっきまで見えていた出口も、いつの間にか閉ざされ、内部は真っ暗になった。

「嘘でしょ……」

文香は恐怖で悲鳴すら上げられないまま、足が竦《すく》んで動けなくなった。

「マジか……」

どこかのんびりしたトーンの透真の声が、文香のすぐ前で聞こえた。だが、暗闇に目が慣れず、どこにいるのかわからない。

「ちょ、ちょっと、待って……」

足元がおぼつかないまま、無意識のうちに伸ばした手が、透真の背中に触れた。文香は思わずその手を引っ込めながら、

「す、すみません。こ、こういうの、本当に苦手なんです……」

と、泣きそうな声を出す。

「とりあえず、目が慣れるまで座ろか。こういう時は冷静になった方がええわ」

突然、岩山の中に閉じ込められているというのに、透真の声は落ち着き払っている。

文香もパニックにならないよう、暗闇の中で呼吸を整え、透真に言われたとおり、透真の地面に腰を下ろした。座った時に触れた土はひんやりしている。思いのほか、透真の

近くに座っているらしく、文香は彼のシャツが自分の腕に触れるのを感じた。

——ゲコ、ゲコ、ゲコ……。

どこかに湿った叢《くさむら》でもあるのか、洞窟の中に蛙の声が木霊《こだま》している。

「けど、感動したわ……。アマテラス。想像してたとおりの迫力やったな」

興奮を抑えるように透真が言う。その呑気な発言に、文香は脱力した。

「今、それどころじゃないですよね？　ていうか、私たち、禊をしにきたのに、なんで閉じ込められてるんでしたっけ？」

平常心に戻って考えると、この理不尽な成り行きに怒りすら湧いてくる。

「つまり、それほどスサノオには関わりたくないってことなんかなあ……」

「じゃあ、私たち、一体いつまでここに閉じ込められるんですか？」

「たぶん、スサノオからの手紙、つまり御朱印を渡すのを諦めるまで？」

「嘘……」

つまり、永遠にスサノオからつきまとわれることを取るか、永遠に岩山の中に閉じ込められることを選ぶか。

——究極の選択だ……。

「嫌です！　どっちも！」

声を上げた文香は、すぐさま背中をもたれさせていた壁の方を向いて、手のひらで岩を叩き、その感触を試した。どこかに脆《もろ》いところはないものかと思ったのだ。

――パンパン！　トントン！　ドンドン！

叩いても叩いても、手のひらが痛むばかりで、頑丈な岩壁はビクともしない。

文香が絶望に支配された時、ふわっと周囲が明るくなった。見れば、透真がスマホを見ている。

「残念ながら圏外か」

透真はもう、自力での脱出を諦めたかように、溜め息まじりの声を漏らす。

「暗闇でスマホの明かり見るとホッとしますけど、バッテリーは使わないようにした方がいいですよね。雪山で遭難した時、電源さえ入ってれば、圏外とか微弱な電波とかでも居場所を探せるって聞いたことあります」

文香の言葉に同意したのか、スマホの明かりが消えた。

「ただ、それって、誰かが探しに来てくれた場合の話だよな……」

「えっ？」

透真の呟きに文香はドキリとした。

「運よく助けが来てくれたとしても、岩戸を砕く掘削機《くっさくき》とか、釣り上げるクレーンとか、とにかく重機がいるやろな。もしくは、アメノタヂカラオでも来てくれんことには無理やな」

「アメ？　タヂカラオ？」

アメノタヂカラオ――それはアマテラスが岩戸の中に閉じこもったとき、彼女がほんのちょっぴり岩戸を開けて外を見たその隙間にすかさず指をかけ、力ずくで全開にした怪力の神様のことだ、と透真が説明した。

「ああ、ここの前を通った時に言ってた、怪力の神様の名前なんですね……」

「待ってたら来てくれるかもしれへんで？　タヂカラオ」

それは弾むような声だった。この期《ご》に及《およ》んで透真は第三の神様登場を期待しているようだ、と文香は呆れかえる。

「来るわけないじゃないですか！　私たちは太陽神《たいようしん》でもなんでもないんですよ？　下手したら、神様にとっては、ただの臭いだけの人間なんです。助ける値打ちなんか、どこにもないじゃないですか！」

そんな自虐的なことを叫んだあとで、文香は空しくも腹立たしい気持ちになった。

「もー！　姉弟喧嘩はふたりでやってよ！」

崩れそうな壁を探すのを諦めた文香のクレームが木霊《こだま》する。

そして、彼女が再び壁に背中をもたれて頭を抱えた時、透真が静かに口を開く気配がした。

「けど。俺、スサノオって嫌いじゃないねん」

「そうなんですか？　あんなボサボサのモジャモジャが？」

文香のスサノオに対する印象はもはや最悪だ。

強引に頼み事をしたり、しつこく追い回したり、御朱印を届けるという仕事を請け負った途端に横柄な態度に戻ったり。挙げ句の果てに、スサノオの過去の悪行のせいで、こんなところに閉じ込められてしまった。

「しかも乱暴者なんですよね？　お姉さんに嫌われても、自業自得《じごうじとく》じゃないですか」

スサノオのせいで理不尽に閉じ込められているという現状に、文香の言葉はいつになく荒れる。

「けど、スサノオって、すっごい人間的やねん。母親のイザナミに会いたいって言って泣き喚いたり、おとなしくしてたかと思ったら、すぐに調子にのって暴れ回ったり。神様のくせに子供っぽいていうか」

「まあ……、スサノオさんがお母さんに会いたくて泣き喚いたっていうのは、わからないでもないですが……」

「うん。せやけど、それって、髭が生えるぐらい大人になってからの話やねんで」

「は？　髭？　泣き喚いたの、おじさんになってからのエピソードなんですか？」

そうやねん、と苦笑する気配がしてから、透真の話は続いた。

「とにかく、スサノオの力は凄まじくて、号泣したり、駄々をこねたりすると、山々がうねり、海は荒れ、その上、疫病が蔓延するって言われてるねん」

「それってつまり、感情の起伏《きふく》とか、ちょっとした行動で世界中が無茶苦茶になってしまうってことですか？」

「うん。簡単に言うと、そういうことや」

「ちょっと怖いですね……」

だが、おじさんのくせに駄々をこねるスサノオの姿を想像すると滑稽《こっけい》で、文香の口元は少しだけ緩んだ。姉のアマテラスがそっぽを向いた時も思ったが、弟のスサノオもちょっと環奈に似ている。年齢にしては心が幼い環奈。彼女がわがままを言い始めると、誰も手がつけられなかったっけ、と文香は実家の様子を思い出す。

「けど、スサノオにはヒーローとしての一面もあるねん」

「ヒーロー？　あのスサノオさんが？」

それは文香にとって意外な話だった。

「うん。アマテラスを怒らせて高天原を追放されたあとのスサノオは、性格ががらりと変わったように、勇者として戦ったり、愛情深い夫や父親としての一面を見せるようになったりするねん」

文香には、あのスサノオが勇者になったり、家庭人になったりしている姿が想像できない。

「ヤマタノオロチっていう、八つの頭と八本の尻尾を持った怪物の生贄《いけにえ》にされそうになった娘を助けたりするねんで？」

文香は、そういえば、と幼い頃、父が読んでくれた絵本の記憶を辿る。子供心にそのオロチの絵が恐ろしかったことを思い出した。

「娘を助けるために戦って、クサナギの剣《つるぎ》を手に入れてん。それをアマテラスに献上《けんじょう》したりしたんやけどなあ……」

その剣は現在でも三種の神器のひとつとして、宮家《みやけ》の重要な行事の際に使用されるのだ、と透真が説明する。

「そんな貴重な剣をアマテラスさんに……。けど、そんなことぐらいでは許されないってことなんですかね……」

「かもしれへんな。んで、その時に助けた娘とスサノオは結婚する。そしてふたりの間には、美しい娘がひとり生まれるんやけど、愛しい妻は先に死んでしまうねん。嘆き悲しんだスサノオは悲しみのあまり、治めてた国を捨てて、残されたひとり娘に無償の愛を注いだ」

愛妻家であり、優しい父親だったんだ、と文香はスサノオの意外な一面を想像して感心した。自分の父親の笑顔と重ねながら。

「なんか、ほんとに人間ぽいですね」

「やろ？　妻を失ってからのスサノオが、更に人間味あふれるエピソードを残してるねん」

「え？　もっとなにかあるんですか？」

　文香は暗闇の恐怖も忘れ、透真の声がする方に耳を傾ける。透真が、うん、と頷く気配がした。

「スサノオの娘に好意を持ったのが、オオクニヌシノミコトやねん」

「オオクニヌシノミコト！　その人、わたしの好きな神様、第二位でした！」

「そ、そうなん？」

　いきなり声のテンションが上がってきた文香に、透真がたじろぐ気配がする。が、彼はすぐに、

「ふーん。第一位が気になるところではあるが、とりあえず話を続けよう」

　と、気を取り直したように話を続ける。

「スサノオは自分の娘に惚れたオオクニヌシに、数々の試練を与えるねん」

「へえ。それって、『娘は誰にもやらん！　お父さんって呼ぶな！』って感じですか？」

「そうそう。たぶん、それに近い感じ。けど、オオクニヌシは聡明な青年やから、スサノオから与えられるすべての試練に耐え抜いて、ついには結婚を許される」

「さすが私のオオクニヌシ様！」

「ていうか、好きな神様のエピソードも知らんのん？」

「………」

言われてみれば、絵本で読んだ内容もうろ覚えで、文香は日本書紀や古事記も読んだことがなかった。ただただ、美しいイラストが網膜に焼きついているだけだ。

文香が言い返す言葉を失ったあと、そのまましばらく沈黙が続いた。岩の空洞に響くのは、蛙の鳴き声だけ。

「それにしても、酸素とか……大丈夫やろか」

不意に透真が不安そうな声を出す。何気ない口調で言ったひと言に、文香は思わずゾッとして、透真の方に身を寄せる。

「さ、酸素？　無くなるんですか？」

そう思うと、心なしか息苦しく感じ始めた。

「いや、わからへんけど、ここが密閉状態やったらヤバいかなって」

恐ろしいことをのんびりした口調で言う透真だったが、文香は取り乱し、再び壁面を叩き始めた。

「助けてー！　誰かー！」

声が嗄《か》れるまで叫んだけれど、外から返事はない。そもそも、自分の声が外に聞こえているかどうかもわからない。

「やだ……。やだ、こんなところで死ぬなんて……う、ううう……」

助けを求めるのを諦めた文香は再び膝を抱え、顔を伏せる。

「ちょ、泣くな。よけい酸素消費するやろ」

「だって……ひっく……」

こんなところで死にたくない。お父さんに「素直な娘じゃなくてごめんなさい」と謝りたかった。そう思うと、文香の涙腺は崩壊した。

「な、泣くなって。大丈夫、絶対出れるから。出たら甘いもんおごったるから、泣くな」

死ぬかもしれない状況で、透真は文香が泣きだしたことに動揺している。

——そこ？

冗談とも本気ともつかない焦りかたがおかしくて、文香も現状を忘れて噴き出しそうになった。

とその時、再び地響きが起きた。ゴゴゴゴゴ、と岩戸が閉まったときと同じ音を立てる。

わずかな隙間から細く眩い日光が差し込み、文香の足元を照らすと、その光の帯は徐々に太さを増し、内部の神棚や直角に曲がった道までが見えた。逆光のせいで、岩戸の向こうにいる男は黒いシルエットしか見えない。それでも、がっちりとした筋肉質な体型だけは、はっきりとわかった。

「タヂカラオ！」

文香の横で胡坐《あぐら》をかいていた透真が、歓喜の声とともに立ち上がる。古事記に造詣《ぞうけい》の深い彼には、その姿形から、岩戸の向こうに立っている男がかつて岩戸をこじあけた怪力の神様であることがわかるらしい。

文香は絵本の中でアマテラスが神々しい姿を現し、夜の世界が再び光に満たされた場面を思い出した。

「やっと禊が終わったのね！」

文香もホッとしてさらに泣きそうになりながら腰を上げる。

「アマテラス様がお前たちにお会いになる」

気難しい力士のような風貌をしたタヂカラオが、重々しく告げた。

「ほんとですか？」

聞き返す文香に、タヂカラオは無表情のまま言い放った。

「一生閉じ込めておくつもりだったが、お前たちの話を聞く気になられたと」

「…………」

ふたり同時に、強張った顔を見合わせた。

「ゲコ……」

――本当はずっとここに閉じ込めておくつもりだったんだ……。

その時、文香の後ろからピョンと緑色のアマガエルが飛び出してきて、タヂカラオの前に出た。たぶん、ずっと岩穴の中で鳴いていたカエルだろう、と文香は直感した。

――ぴょん。ぴょこん。ゲコ……。ぴょんぴょん。ゲコゲコ。

アマガエルに先導される屈強な男神に従って、ふたりは再び、拝殿の前まで来た。

皆の前で飛び跳ねていたアマガエルは、ぴょんぴょんと大きくジャンプしながら社の階段を上り、ひょこり、と方向を変えて文香たちに向き合う。

――わ……。

最初に見た乳白色の蜃気楼みたいなものが揺れ、カエルは光り輝く女神の姿になる。

――天照皇大神……。

アマテラスもずっと洞窟の中にいたのだと、ようやく文香は気づいた。

「もうお前たちも懲《こ》りたであろう。そのまま御朱印を持って帰るがよい。そしてそれが私の返事だと弟に伝えよ」

つまり、スサノオの謝罪を受け入れるつもりはない、とアマテラスが断言する。

「待ってください！」

再び輪郭が揺れ、薄れ始めるアマテラスを、文香が呼び止めた。

「今のスサノオさんの気持ちぐらい、知ってあげてもいいんじゃないですか？」

「何度も許してやった。だが、反省してもすぐにやらかしてしまうのだ、アレは」

文香の訴えを、アマテラスは冷たく突っぱねる。

「そういう感情の起伏が激しい人だっているじゃないですか！」

「人？　神であるぞ！」

文香は必死になりすぎて、無礼な発言をしてしまったことを反省した。次の句が継げない文香の代わりに、透真が続ける。

「スサノオノミコトは、良くも悪くも無邪気な神様なんだと思います。だからこそ、ヒーローとしての一面が際立っています。天真爛漫な神様は身近に感じられて親しみやすいですし、気高く品格のある神様以上に人々から愛され、その逸話は後世まで語り継がれているんです」

そう、それが言いたかった、と文香は頷いてから、声を上げた。

「お願いします！　スサノオさんの気持ち、受け取ってあげてください！」

文香が深々と頭を下げてから、おそるおそる顔をあげる。アマテラスが気を悪くしたら、もしかしたらまたどこかへ閉じ込められるかもしれない、とビクビクしながら。

だが、アマテラスの顔には諦めたような微笑が浮かんでいた。

「お前たちがアレのことを悪く思っていないことは、よくわかった」

『アレ』とはスサノオのことなのだろう。そして、アマテラスは岩山の中で透真がスサノオを弁護するのを聞いて、その時すでに少し気持ちが揺れていたのかもしれないと文香は想像する。

「わかった。そうまで言うなら、その御朱印を開いてやろう」

アマテラスの表情に微かな慈愛《じあい》が混ざっている。

「だが、スサノオの気持ちが偽りだとわかったら、その時は、それを届けたお前たちも同罪だ」

――え？　なんで？

文香はアマテラスが言い放った言葉にゾクリとした。スサノオの謝罪に嘘偽りの気持ちが混ざっていたら、自分たちはどんな目に遭わされるのだろうかと考えて。

そんな戸惑いをよそに、アマテラスの手がすっと前に伸びたかと思うと、文香の鞄がひとりでに開き、中から御朱印帳が飛び出す。そしてそれは、文香とアマテラスの中間地点で宙に浮いた。

――バラバラバラバラ。

スサノオが御朱印をしたためたときと同じように、それは一枚の羽衣《はごろも》のようになって風になびく。

ひとひらの御朱印に封じ込められていた想いが紙を離れるかのように、数えきれないほどの文字が立体となって空中に躍った。

それらの字は特殊な記号のようなもので、文香には読めない。が、なぜか文字のひとつひとつがキラキラ光るのを見ているだけで、スサノオの想いが直接胸に響いてきて、とても切ない気持ちになった。

——これが神様から神様への手紙なんだ……。

文香がそう覚《さと》った時、スサノオが手紙を朗読するような声が聞こえた。

姉上様

かつて私は、あなたが治める美しい高天原を汚し、生き馬の皮を剥いで機織り小屋に投げ入れ、あなたが家族のように大切にしていた機織り娘たちを傷つけてしまった。

スサノオからの手紙は、そんな衝撃的な告白から始まった。

あれから私も妻を娶《めと》り、娘を授かりました。

そして、家族を持ったことによって、命というものがどれほど儚く、儚いがゆえに愛おしく、なによりも大切なものであることを知りました。

直接、鼓膜に響くスサノオの声が、文香には守る者を得た歓喜と責任感に満ちているように聞こえた。

しかし、愛した妻に先立たれ、娘を嫁がせたあとは、それまで経験したことのない孤独な時間が増えました。自分がどれほど未熟で、わがままで、乱暴な愚か者であったか……。否が応でも過去を顧《かえり》みる時間ばかりが増えたのです。

ついさっきまでは自信に溢れていた声のトーンが、急に沈み込む。

私は姉上のことが羨ましかったのです。緑と花が溢れ、人々が穏やかに生活する国を作ったあなたが。すべての生き物に敬愛され、輝いているあなたが。だからと言って、私の罪は許されるものではない。決して許されることではないとわかっています。それでも、姉上に会いたい……。会いたいのです……。

母に会いたいと言って号泣したといわれるスサノオ。文香にはその悲しみがよくわかった。文香自身、どんなに母に会いたいと願っても、絶対にその望みは叶わないという絶望感と寂しさを味わった経験がある。それだけに、今でも家族というものへの執着があるような気がする。

——だから、環奈や新しいお母さんと本当の家族になりたいと願った。……うまくいかなかったけれど。

文香と同じ境遇にあったスサノオは、マザコンでありシスコンなのかもしれない。黄泉の国まで母を探しに行こうとしたという逸話があるほど、肉親の愛に飢えていたのだろう。ただ、勇猛な神様だけにそのギャップは理解されにくいに違いない。

そう思うと、不器用なスサノオの気持ちは文香の心に響き、降り積もり、喉の奥に熱いものが込み上げる。

気がつけば、アマテラスが目を閉じ、涙を流していた。その壮絶なほどの美しさに、文香は思わず息を呑んだ。

「お前も、寂しい弟のために泣いてくれているのか」

——え？

アマテラスに優しく尋ねられ、ようやく文香は自分の頬が濡れていることに気づく。

「わ、悪い人じゃないと思うし、頼みかたが必死だったし。今、御朱印の内容を聞いて、本当にアマテラスさんに会いたいんだなって思ったら泣けてきて……」

文香は慌てて、頬の涙を拭った。

「うむ……。私にも、スサノオの気持ちに嘘偽りがないことはわかった。その証拠に、御朱印に封じ込められていた想いがくすむことなくキラキラと黄金に輝いた」

「嘘偽りがあると、御朱印から飛び出す文字の色がくすむんだ……」

アマテラスの口から語られた嘘発見器のような法則を、思わず口に出して反芻する文香。だが、どうやらスサノオの気持ちに嘘偽りはなかったらしい、と胸をなでおろす。

「じゃあ、スサノオさんに会ってもらえるんですか？」

アマテラスが深く頷いた。

「乱暴な弟を忌み嫌うあまり、距離を置いて理解しようとしなかった私にも反省すべき点はある」

そして、とそこで言葉を区切ったアマテラスが文香の顔をじっと見て、

「お前のその涙に免じて、スサノオへの御朱印を授けよう」

と微笑んだ。

アマテラスが両腕を広げると、まだ宙に浮かんだままになっている御朱印帳の中の、スサノオがしたためた文字と混ざり合うように、今度はひときわ明るい金色に光り輝く文字が浮かび上がった。そして、パンパンと弾けるような音がして、朱色の落款が数か所に染み出してくる。

「それをスサノオに届けておくれ」

その声にハッとして見れば、御朱印帳がいつの間にか文香の手の中にある。スサノオの御朱印の隣のページに、新しい御朱印が現れていた。中央には【天照皇大神】の文字。

文香がそれを胸に抱きしめると、

私からお前を訪ねていくゆえ、心穏やかに待っていなさい。

そんな、温かい気持ちが、文香の心に沁《し》み込んできた。

「もう泣かずともよい」

こんなことでまた、しゃくりあげている自分が不思議だ。こんなに気持ちが動かされたのは久しぶりだ、と文香は考える。

最初はスサノオの寂しさと自分の孤独な境遇《きょうぐう》が重なり、胸が締めつけられた。

今はアマテラスがスサノオに会いに行く気になってくれたことで、安堵《あんど》の涙が込み上げたのだ。

「すみません。なんだか、寂しかったり嬉しかったりで……」

文香がその素直な気持ちを打ち明けると、アマテラスは意味ありげにふふふと笑う。

「なるほど、スサノオがお前を選んだ理由がわかった」

「え？　私が選ばれた理由ですか？　それって、ただ単に、御朱印帳を拾っちゃったからじゃないんですか？」

スサノオから『御朱印帳に触れることができるのは選ばれし者だけだ』と聞かされ

てはいたが、最初に自分が拾ってしまったのは偶然だと思っていた。

「ふふ。それを偶然だと思っておったのか？」

「ち、違うんですか？」

「この世に偶然などない。すべては因果だ。スサノオは、お前ならきっと自分の寂しさを理解して、断らずに御朱印を届けてくれると思ったのであろう」

「いや、最初は断ったんですけどぉ……」

強引に頼み込まれたと思っていたが、実は互いの孤独感が共鳴し、御朱印帳に引き寄せられたということなのだろうか、と文香は首を傾げる。

——自分が神様を引き寄せてしまうレベルの寂しさを感じてる、っていう自覚はなかったんだけど……。

アマテラスの澄んだ瞳が文香を見ていた。まるですべてを見透かすように。

「それを早く弟に届けてやっておくれ」

文香が胸に抱いている御朱印帳に視線を移し、そう言い残したアマテラスの輪郭は、再びゆらめき、神々しい姿は霧のように消え去った。

「クールだ……」

その感動を帯びた声で、文香はようやく、透真が腕組みをしてふたりのやりとりを見守っていたことに気づいた。彼の存在をすっかり忘れていた文香は、ハッとして再び目尻を拭う。

それに気づいていないのか、見ないふりをしてくれたのか、透真は、

「んじゃ、行こか。スサノオに会いに」

と、さらっと言って、踵《きびす》を返す。

「は、はい……」

その態度に救われたような気分で、文香は御朱印帳を大切にバッグにしまった。

参道から駅へと向かいながら、透真がしみじみと感慨に浸るような顔で口を開いた。

「さっき御朱印から降ってきた言葉も、やっぱり太安万侶《おおのやすまろ》が編纂《へんさん》したものに近かった」

「え？　どういうことですか？　飛鳥井先輩にはどんな風に聞こえたんですか？」

「え？　古典の言葉そのまんまやったけど？　古事記はもともと天武《てんむ》天皇の時代に、太安万侶が天皇の系譜と古い伝承を、文章に書き起こしたものって言われてるねん。それは今も残ってるんやけど、そこに書かれてる言葉に近かった。スサノオやアマテラスの言葉もそうやったけど、やっぱり文字もそうなんやなーって。てか、安藤が聞いた言葉は違うん？」

「はい。私には、とっても今風の言葉に聞こえました。だから、神様って意外とざっくばらんだなー、って思って。もしかして、スサノオさんやアマテラスさんの喋ってた言葉も、先輩と私とで聞こえかたが違ってたってことですか？」

「マジかー。つまり、聞く人間の教養によって、聞こえる言葉も違うってわけか」

——は？　悪かったですね、古典の教養がなくて。

そう言い返したかったが、文学部なのに、古典にはあまり興味のない自分を反省する。今はまだ一般教養の授業がほとんどだが、いずれ専門的な科目がどっさり入ってくる。文香は安易に進路を決めてしまった自分を、今更ながら反省した。

それっきり、ふたりは黙って来たときと同じように電車を乗り継ぎ、四条から八坂神社へ向かった。

「今日は最高の一日やな」

四条の大通りを歩きながら、透真がしじみじみ呟く。

「は？　岩戸に閉じ込められたのにですか？」

「そういえばそんなこともあったなあ」

それが遠い昔の出来事であるかのように笑う透真が、文香にはアマテラスとの出会いで受けた感銘を噛みしめ、これからまたスサノオに会えるという期待に胸を弾ませているように見えた。

やがて、四条通を突き当たったところにある八坂神社の鳥居が見えてきた。その正面、朱門の向こうに白い着物を着た男の姿が見える。

——げっ……。

スサノオが落ち着きなく、行ったり来たりしながら、あきらかに自分たちの帰りを待っているのがわかった。

「あれ？　スサノオさん、小ぎれいになってないですか？」

文香が見つけたスサノオはボサボサだった髪を美しく整え、モジャモジャだった髭を綺麗に剃っていた。

「へえ。意外とイケメンや……」

透真がそう呟いたのも無理はない、と文香も納得する。髪と髭で隠されていたスサノオの顔立ちは精悍で、思いのほか整っていた。

「おお！」

スサノオは文香と透真を見つけると声を上げ、すぐに石段を駆け下りてきた。

「どうであった？　姉上は手紙を受け取ってくれたのか？」

その緊張した表情を見た文香は、スサノオが姉からの御朱印を受け取るために、身なりを改めてきたのだ、と悟った。それほど、アマテラスはスサノオにとって大切であり神聖な相手なのだと。

「あ、えっと。これです」

文香が御朱印帳を差し出す。すると、スサノオは文香たちを待ちかねていた様子とはうらはらに、姉からの返事を受け取るのを躊躇するかのように手を引っ込める。そして、急におどおどとしながら、「ひ、開いてよいぞ」と、文香に命じた。

「は？　私？」

「そう。お前に天照皇大神の御朱印を開く名誉を与える」

「………」

単に怖気づいているだけにしか見えないスサノオが、文香の額の前に手を翳す。すると、彼女は自分の中に強い力が漲るのを感じた。次の瞬間、しっかりと握っていた御朱印帳が両手からするりと抜けて空中で開いた。

すると、そこから飛び出してきた金色の文字がスサノオを包み、文字の欠片が文香の上にも降り注ぐ。

やがて、アマテラスがスサノオを許そうとする気持ちが伝わってきた。

スサノオ。弟よ。

お前の犯した過ちは決して許されるものではない。

だが、お前が長い年月をかけ、しっかりと悔い改めたことはわかった。

間もなく、私の方から会いに行くゆえ、心静かに待っていなさい。

降り注ぐ春の雨のような温かい言葉が、文香の鼓膜に響いた。

「姉上――……ッ！」

空気が割れるような大声で叫んだスサノオは、真っ赤な顔で男泣きに泣いている。

――良かったね、スサノオさん……。お姉さんに会えることになって。

文香ももらい泣きしそうになった。

「うおおおおぉぉ……！」

が、スサノオの嬉し泣きの声は徐々に大きくなり、それと共鳴するかのように、遠くで雷が鳴り始める。その上、ゴゴゴゴゴと小刻みに地面が揺れ始めた。

「こ、声！　声が大きい！」

透真が慌てた様子で注意すると、スサノオはハッとしたような顔をして、両手で口を押さえた。

感情的になると天変地異《てんぺんちい》が起きてしまうことが、身に染みてわかっているのだろう。

それからのスサノオは、さめざめと静かに涙を流していた。だが、その涙が地面に落ちた瞬間、スニーカーが水浸しになるほどの激しい雨が降り始め、あっという間にマンホールの蓋が持ち上がるほどの水量になる。

――げ。ほとんどゲリラ豪雨だ……。

雨足は更に強まって、なにも知らない通行人たちが急な悪天候に右往左往している。

「ヤバ……。スサノオさん！　もうそんなに泣かないでください！」

今度は文香が再び、危険を察知する。

「あ、すまん、すまん。つい、嬉しすぎて……」

やっと笑顔を見せたスサノオが、両手の甲で瞼をゴシゴシこすった。すると、暗雲がたれこめていた京都の空が一気に晴れ渡る。

「よかったですね、スサノオさん。じゃ、これ、お返ししますね」

と、文香は務めを果たした御朱印帳をスサノオに差し出した。しかし――。

「それはお前にやろう。せめてもの礼だ」

「は？　いや、こんなもの、もらっても困ります」

お礼ならば、スイーツとかランチが良かった。そんな文香の本音をよそに、スサノオが鷹揚《おうよう》に微笑む。

「遠慮するでない」

「いや、遠慮とか、そういうんじゃなくて」

「私にはもう不要の物だが、お前が持っておれば、他の神々の助けにもなろう」

「はあ？　それってどういう……」

意味がわからず戸惑う文香のことはとりあわないまま、スサノオが「世話になった」と、優しく微笑み、ふっと消えてしまった。

「あ！　ちょっと！」

「ああ……。消えてしもた……」

御朱印帳をスサノオに返却しようと慌てる文香を後目に、透真がひどくがっかりしたような口調で呟く。

「もう会われへんのかなあ……」

文香とは違う意味の失意を露わにして、透真が残念そうな顔をする。

文香は手に残された御朱印帳に視線を落としながら、

「でも、よかったじゃないですか。スサノオさん、アマテラスさんに許してもらえて」

と、透真を励ます。

「ま、そやな」

透真もようやく晴れ晴れとした笑顔を見せる。

「それより、これ、どうすればいいんですか？」

文香が困惑気味に御朱印帳を透真に差し出した。

「そら、選ばれし安藤が持っとくしかないんちゃうか？　んで、また神様が現れたらすぐに俺を呼びに来る、みたいな？」

「飛鳥井先輩、私のこと、神様を釣るための餌か囮《おとり》かなにかだと思ってません？」

「へへ。バレたか」

透真は悪びれる様子もない。

だが、文香自身、スサノオの気持ちをアマテラスに届け、ふたりの仲直りの橋渡しができたという達成感と充実感をしみじみ味わっていた。

――仕方ない。

文香は気持ちを切り替え、

「じゃ、約束どおり、飛鳥井先輩に甘いもんでもおごってもらおうかなー」

と、透真の顔を下から覗き込んだ。

「あれー？　そんな約束したっけえ？」

冗談ぽくとぼける透真。

「そんなこと言ってたら、捨てちゃいますよ？　神様の御朱印帳？」

笑っている透真を脅し、文香は花見小路《はなみこうじ》へ向かう。

「嘘、嘘、嘘！　ちゃんとおごるから、それ、絶対に捨てんといてな」

透真は急いで文香のあとを追いながらも、古事記の登場人物に未練たらたらで何度も何度も八坂神社の方角を振り返る。その様子に文香は思わず笑ってしまう。

「ほな、抹茶あんみつ、行くか」

「はい！」

ようやく追いついてきた透真と並んで新京極《しんきょうごく》の方へと向かいながら、文香はスサノオとアマテラスの邂逅《かいこう》を何度も思い出し、気持ちがほっこり温かくなった。

――環奈に絵ハガキでも送ってみようかな……。

最後の一年間はあまり話もしなかった義妹に手紙を書いてみようかな、と考えたりもした。こんなことを思うのは、アマテラスの頑なさや、スサノオの子供っぽさがどことなく環奈に重なったせいかもしれない。だが、

――いやいや、どうして私から？

とすぐに思い直す。なかなかスサノオのように素直な気持ちにはなれないものだ。

――でも、時間ができたら、きれいなハガキでも買って、まずはお父さんに近況でも知らせてみるか、と文香は想像する。

【私、今、こんなきれいな街に住んでます】と自慢すれば、義妹も横から覗き見て、ちょっと羨ましい気持ちになるかもしれない。

いつか、そんな手紙を書ける日がくればいいな。その時は、

【この街には人間に、自分の想いを届けさせる変な神様もいるけどね……】

と書き添えてしまうかもしれない。

第三話　ミステリアスな神様・ツクヨミ／松尾大社摂社月読神社

前期試験が終わり、夏休みに入る前になって、文香にもようやく女友達ができた。

「安藤さん！　再来週の土曜日、空いてるう？」

最近、ちょくちょく文香を誘うようになったのは、真中詩織《まなかしおり》という同じ学部の同級生だ。詩織はファッション雑誌の読者モデルをやっている。

ＳＮＳや動画サイトにヘアメイクや飲食店の情報をアップしていて、フォロワーが何万人もいるらしい。大学生の平均的なバイト代の何倍もの広告収入がある、美人で経済力のある女の子だ。

なにより、自分と同じ標準語をペラペラ喋り、それでも堂々と周囲の注目を集めている。一緒にいるだけで華やかな気分になれる上、気前よくお茶やランチをおごってくれるせいか、いつも数人の取り巻きを従えていた。

『安藤さん！　文学史のノート、とってた？』

前期テストの前、教室でそんな風に声をかけられたのがきっかけだった。

彼女のような人気者が、自分みたいな目立たない人間の名前を憶えてくれていたことが意外だった。

「あ、うん。いつの分？　コピーして渡そうか？」

「マジで？　助かるう。悪いけど、前期の分、全部」

「え？　全部？」

「ごめんねえ。はい、これ、コピー代」

そう言って、一万円札を渡された。

「いや、こんなには……」

「いいの、いいの。手数料よ。また頼むと思うし」

もちろん、お釣りは返したが、それ以来、ランチに誘われるようになった。

聞けば、彼女も東京出身だという。

「東京って言っても、安藤さんみたいな都心じゃなくて、八王子《はちおうじ》だけどねー」

実家が世田谷《せたがや》だなんて羨ましい、と笑う彼女はとても感じがよく、アイドルみたいに可憐で、声をかけられたこと自体が光栄に思えた。

そして、今日、彼女から、ホテルのプールに誘われた。

――プールかあ……。

詩織に誘われたことが嬉しくてその時は、行く行くー、とついつい愛想よく返事をしてしまったが、だんだん憂鬱になってきた。

それでも前向きに楽しもうと考え、大学の帰りにデパートで水着を物色した。夏の後半というのもあって、ちょうどセールをやっている。

「わ。これいいな」

明るいドット柄にフリルのセパレートタイプ。値段も半額になっている。しかも、ちょうど自分のサイズだったので、文香は試着もせずに購入した。鏡に映ったが、家に帰って着てみると、あちこちの肉がはみだしている。鏡に映った水着姿は水着姿は自分が想像していたシルエットからはほど遠い。

思えば、スサノオの一件以来、バイト帰りには必ず透真と外食するようになり、体重が五キロも増えてしまっていた。

――今日からダイエットしよ。

そう固く決心した。

なのに、その日もバイト先で……。

ここ数日、増えてきた暑中見舞いの仕分けをしていた時、透真に声をかけられた。

「安藤。明日の日曜日、空いてる？」

それは仕分室に女子高生の実夕と葉月がいる時のことだった。

――あれほど、バイト先では声をかけないでください、って言ってるのに……。最近は文香と透真が親しげに喋っていると、ふたりは露骨に機嫌が悪くなるのだ。シフトが前後する時の申し送りもちゃんとしてくれない。これ以上、仕事に支障が出るのは困る。

文香は仕分室のドアのところに立っている透真を通路に押し出し、声を押し殺して頼んだ。

「飛鳥井先輩。何度も言いますけど、郵便局内での私語はやめてください」

「なんで？」

「なんで、って……。勘違いされるじゃないですか」

勘違い？と透真はキョトンとしている。

「えっと……。なんて言うか……。付き合ってるんじゃないか、とか」

「なんや、そんなことか」

太古のロマンに思いを馳せる男にとっては、バイト仲間の誤解や嫉妬など些末《さまつ》なことなのだろうか、「そんなこと？」と絶句する文香を放置して、透真はそのまま用件を続けた。

「明日の日曜日、イタリアンのランチバイキング行かへん？　お母はんがお客さんに招待券を二枚もろてんけど、お母はんはその日、他に用事があって行かれへんねん」

そう言って美しいロゴの入ったチケットを見せられた瞬間、文香はそれまでの態度を一変させてしまった。

「行く！　これって、もしかして、京都タワーが見えるイタリアンですよね？　前に雑誌で見ました。行きたい！　行ってみたい！」

「ほな、決定！」

「やったー！」

うえーい、とハイタッチした直後、自分の意志の弱さに愕然とする文香。

——ダメじゃん。バイキングなんて食べちゃ……。

しかし、だからと言って、今更断るのも気が引けた。

——ま、いっか。バイキングだし、あんまり食べなきゃ。


そして、日曜日。

透真に連れて来られたのは、これまで足を踏み入れた経験がないほど豪華なイタリアンレストランだった。

意外だったのは、これほどの高級レストランであるにもかかわらず、そこにいる客の三分の一ぐらいは若い女性だということだ。

——お金持ちっぽい、中年以上のお客さんばかりだと思ってたのに。

案内された席からは、青い夏空を背景に、白いキャンドルのようにそびえたつ京都タワーがはっきりと見えた。非日常的な空間だ。

だが、自分と同年代の女子が多いお陰で気おくれすることなく、学食の列に並ぶような気持ちで大きな皿を抱え、ビュッフェの列に並ぶことができた。

「わ、すごーい。ピザとかパスタだけじゃなくて、いろんなお料理があるんですね。

どれもこれもおいしそう……」

「ステーキにフォアグラかあ。テンション上がるなあ」

透真も鉄板焼きコーナーで目移りしている様子だ。

スイーツコーナーでは、プチケーキやフルーツ、チョコレートフォンデュが甘い匂いを漂わせている。

「わ。スイーツも充実してますね！」

結果、文香は大きな皿に目いっぱい料理を盛ってしまった。

——やばい……。

その上、うっかり「私も食べたーい！」と言ってしまったせいで、さまざまな肉料理がふんだんに載った皿をふたつ、透真がピンク色のクロスがかかったテーブルに運んでくる。

「い、いただきます」

フォークを手にとったものの、鏡に映った自分の、見るに堪えない水着姿が髣髴《ほうふつ》とし、食が進まない。

「どないしたん？」

いつも、バイト帰り、透真に負けないぐらいの量の夜食を豪快に完食しているせいだろう。向かいに座っている茶髪の美男子が、不思議そうな顔をする。

「ちょっと朝ごはん食べすぎちゃって」

もちろん、それは嘘だ。プールに行くことが決まってからずっと、朝食は抜いている。けれど、なぜか、透真に「ダイエット中なんです」と言えなかった。

セーブしながら料理を少しずつ口に運びつつ、新しくできた友達の話をした。

「よかったやん」

そう言ってにっこり笑う透真は、そのモデル体型からは考えられないほど豪快な食欲を見せ、ビュッフェを満喫している。

結局、文香の方は皿の上に半分以上の料理を残して、レストランを出てしまった。

——もったいないことをしちゃったな……。


四条に戻って先斗町の路地に入ったところで、透真が、

「安藤。安藤にはダイエットとか、似合わんで」

と、笑いながらだが、諭すように言う。

「え？　私、ダイエットなんて……」

「新しい友達とプール、行くんやろ？」

さっきレストランで、詩織からプールに誘われている話をしたせいで、勘のいい透真は自分のダイエットに気づいてしまったらしい、と文香はバツの悪い思いをした。

「そんなんじゃないですけど……」

「んじゃな」

透真はこれ以上文香に嘘を重ねさせまいとするかのように、軽く手を上げてさっさと自宅に入っていった。

「………」

文香はそこに立ち尽くし、透真が入って行った置屋『京野屋』の入り口を見つめる。

――バレてたんだ……。

さすがに不自然だったか、とこれまでの食べっぷりとのギャップを思い返す。

――仕方ないよね。水着姿、晒さなきゃいけないんだもん。

そう自分に言い聞かせて、豆腐屋の方へ足を踏み出しかけた時、

「あ……！」

と、文香は声を上げた。

豆腐屋の軒下で、アマテラスが膝を抱えていたからだ。

――え？　マジで？　ほんとにアマテラスさんなの？

そう思うほど、今日のアマテラスにはオーラがない。前に会った時と同じ艶やかな赤い着物も、心なしかくすんで見えた。

「ど、どうされましたか？」

おっかなびっくり声をかけると、日本中の信仰を集めている太陽神が、すぐさま立ち上がる。まるで文香の帰りを待ちわびていたかのように。だが、その表情は暗かった。

「そなたに届けてもらいたい想いがある」

「え？　また？」

文香はうんざりしそうになったが、アマテラスの思い詰めたような暗い瞳に気づいて言葉を失う。

「スサノオに会ったせいで、とても辛い記憶がよみがえってしまったのだ」

「辛い記憶って……？」

「スサノオに会ったせいで」

文香の質問には答えず、スサノオとの仲直りを取り持った文香に恨みを含んだ視線を向けるアマテラス。

「つ、つまり、スサノオさんの気持ちを届けた私のせいで、アマテラスさんが辛い気持ちになってるってことですか？」

アマテラスはこっくりと頷いた。その理不尽な逆恨みに、文香は心の中で、えーっ？と声を上げる。

それでも、オーラに満ちていたアマテラスがしょんぼり力を失っているのを見ると放っておけず、話を聞いてしまう。

「私、どうすれば……」

「あの御朱印帳は持っておるか？」

「は、はい……。ここに」

スサノオと出会って以来、朝出かけようとすると、御朱印帳はその日持っていくバッグの中にいつの間にか入っている。連れて行け、と言わんばかりに。

バッグを示すと、御朱印帳はアマテラスの意思に従おうとするかのように、勝手にバッグから飛び出してきて、例のごとく文香の目の前でバアッと広がり、風に吹かれ揺れている。

前回、スサノオへの返事を御朱印の中に封じ込めた時と同じように、アマテラスの頭上に金色の文字が出現した。それらは御朱印帳の周囲で揺らめき、やがて『天照皇大神』の五文字になって紙の上に収まった。パンパンと弾けるような音がして、朱色の落款が数か所に染み出してくる。

開いた状態で浮かんでいた御朱印帳が、きちんと折りたたまれた状態で文香の手に降りてきた時、彼女は不思議な感覚に囚われた。

そこに封じ込めた気持ちは、スサノオからアマテラスに送られた〝切なく姉を慕う〟ような想いでも、アマテラスからスサノオに送られた〝寛大な許し〟でもない、複雑な思いであるように感じられたのだ。

　手の中の御朱印帳からは、なにか〝恐れ〟や〝遠慮〟のようなものが感じられ、文香は思わずアマテラスを見る。やはりその顔には覇気がなく、なんだか心が陰っているみたいだ、と文香は首を傾げる。蘇った『辛い記憶』とやらのせいだろうか、と。

「それをツクヨミに渡しておくれ」

「ツクヨミ……さん……」

　たぶん、相手も神様なのだろうが、絵本にも登場した記憶のない名前だった。

「ツクヨミは松尾大社と月読神社を行ったり来たりしておる。必ず、伝えておくれ。私の気持ちを」

　アマテラスの力なくすがりつくような瞳に、思わず文香は頷いてしまった。

「はい……」

　これはきっと『辛い記憶』を解消するための依頼なのだろうが、ふたりの間になにがあって、アマテラスは一体どんな想いを伝えるつもりなのだろう。御朱印帳を抱きしめて想像しているうちに、アマテラスは消えた。

「あ！　飛鳥井先輩に伝えなきゃ！」

　文香は慌てて、踵を返し、透真の家『京野屋』に飛び込んだ。

「先輩！　大変です！　また、アマテラスさんが……！」

叫びながら、暖簾をくぐった時、そこに浴衣姿の舞妓さんがふたり、紬の着物を着た女将さんらしき中年女性がひとり、上がり框の向こうにある座敷でなにかを話している。

──あれが飛鳥井先輩のお母さんかな……。

切れ長の大きな目が透真にそっくりな女性は、背筋をピンと伸ばし、凛とした表情でこちらを見ている。

「し、失礼しました！」

すぐさまその場を離れかけたが、奥から、

「おう、安藤」

と、大きなどら焼きを片手に持った透真が姿を現す。

──また食べてる……。

お昼から四時前までバイキングを楽しみ、ついさっき帰ってきたばかりなのに、と文香は目を丸くする。

「アマテラスがどないしたん？」

「あ、えっと……」

スサノオもアマテラスも見たことがないであろう、透真の母親や舞妓さんたちに、豆腐屋の軒先で膝を抱えていた神様のことを打ち明けたりしたら、きっと頭のおかしい子だと思われるに違いない。

そう考えた文香はなにも言えなくなって口をつぐんだ。すると、透真も同じことを考えたらしく、

「お母はん、ちょっと出てくるわ」

と、玄関まで降りて来て下駄を引っかけた。

「透真。女の子、遅まで連れまわしたらアカンよ?」

透真の母親がやんわりと忠告する。

「わかってるって」

そう言いながら透真は、玄関に突っ立っている文香の手首をつかんだ。アマテラスの話を聞くのが待ちきれない様子の透真に手を引かれ、文香はぺこりと頭を下げて置屋を出た。

「お母さん、美人ですねー。舞妓さんたちも可愛いし。皆細くて羨ましい」

意志が弱く、ダイエットが思うようにいかない今の文香は、劣等感の塊だ。

「そんなことより、アマテラスって?」

他のことには微塵の興味もない様子で、透真が急かす。

「あ、ああ。さっき、アマテラスさんが現れて」

「は？　どこに？　いつ？」

「ついさっき、そこに。先輩と別れてすぐです」

「マジか……」

透真は絶望感を露わにして石畳の上にがっくりと両膝をつく。

──え？　そこまで？

「やっぱ、家の前まで安藤を送って行けばよかった。安藤、いっそのこと、俺と一緒に暮らさへん？」

文香は一瞬、ドキリとしたが、すぐに神様フリークの戯言《ざれごと》だとスルーした。

「それで、今度はアマテラスさんから、ツクヨミさんへの御朱印を預かってしまって」

「なに⁉　ツクヨミ？　ちょっ……、見せて！」

すぐに立ち上がった透真に急かされるまま、三つ目の御朱印が現れた帳面を開いて見せる。

「ほんまや……。増えてるわ……」

先日、スサノオに届けたのと同じ【天照皇大神】という文字ではあるが、今度の御朱印の筆致《ひっち》は心なしか細く、弱々しい。文香はその筆跡に、迷いのような気持ちを感じ取っていた。

「アマテラスに会えんかったんは残念やけど……。次はツクヨミかあ。テンション、上がるなあ！」

うっとりした顔で、うんうん、と頷く透真。

「ツクヨミさんってやっぱり神様なんですよね？　どんな神様なんですか？」

「ツクヨミも弟や、アマテラスの」

御朱印帳に視線を落としながら、豆腐屋の壁にもたれる透真。

「アマテラスさんの弟……。つまり、スサノオさんとも兄弟？」

「そう。けど、ツクヨミについてのエピソードはあまり残ってないねん」

「じゃあ、どんな神様かわからないということですか？」

「そういうことになるなあ」

古事記や日本書紀の登場人物は、主役級と思われる神でも、なぜかあまりエピソードの語られていない神もいるのだ、と透真が言う。

「んで、いつ行く？」

そう尋ねる透真の気持ちはもう、ツクヨミのことでいっぱいといった表情だ。どんな神様かわからないだけに、研究者としての血も騒ぐのだろう。

文香にしても、早くアマテラスに御朱印を届けてあげたいという気持ちがあった。

あの太陽神アマテラスが、日向神宮で会った時のオーラを失ってしまっているように見えたことが気になっていたからだ。あの身の内から発せられていた堂々とした空気が消え去り、なにか重苦しい不安のようなものを纏っているような……。

「なるべく早く行ってあげたいですね」

「そういえば、神には他の神の居場所がわかるてスサノオが言うてたな。ツクヨミがどこにいるか、アマテラスに聞いたん？」

「はい。松尾大社か月読神社とか言ってました」

その名前だけは記憶してきたものの、実は文香にはどのあたりに位置する神社なのか、想像もつかない。

「そのふたつはどこにあるんですか？」

「松尾大社は嵐山《あらしやま》の方やな。月読神社は松尾大社の摂社で、どっちも近い場所にあるわ」

「嵐山……。行って帰るのに半日はかかりそうですね」

文香は過去に一度だけ行ったことのある観光地を思い浮かべる。

「じゃあ……」

と、ふたり同時にスマホのアプリを立ち上げ、それぞれのスケジュール表で授業とバイトがない日を探す。

「今週の土曜日が一番早い日ですかね」

お互いのスマホ画面を覗き込みながら嵐山の松尾大社へ行く日を決めた。

それは、文香が詩織と、彼女の取り巻きふたりと一緒にプールへ行く約束をした前日の土曜日だった。

結局、ダイエットは思うように進まないまま、迎えた土曜日。

文香は透真と一緒に、阪急嵐山線の松尾大社駅に降り立っていた。

「安藤、もしかして、ちょっと痩せた？」

駅のホームで改めて文香を眺めるような態度で、透真が尋ねる。

「はい。五百グラムほど」

情けない気持ちで答えると、透真はカラッと笑った。

「まあ、ええんちゃう？　プールに行くからいうて、そない痩せんでも」

「それはそうなんですけど、プールでＳＮＳにあげる写真とか撮るみたいで」

「ふうん」

アスファルトの道を歩きながら、透真は興味なさそうに相槌を打つ。文香はうっかりダイエットしていることを認めてしまった自分に気づき、がっくり項垂れる。

「先輩にとってはどうでもいいことでしょうけど、クラスでもすごい目立ってる美人が声かけてくれて、私、ちょっと嬉しくて」

「ふーん」

やはり、どうでもいいような顔だ。

――くだらない、って思ってるんだろうな、壮大な古事記の世界に夢中の、この京大生は。

太古のファンタジーワールドと、五百グラムしか減らないダイエット……。我ながらちっぽけなことをウジウジ考えているな、と思ってはいるのだけれど。

「京都に来て誰かから誘ってもらったの、初めてで。楽しみたくて」

「太ってたら、楽しまれへんの？」

交差点を左折しながら透真が尋ねる。

「そんなこと……ないと思いますけど。自分の体型とかやっぱり気になるし」

気恥ずかしい思いで本音を白状したが、それも透真には響かない様子だ。

「ふーん。あ、着いたで」

松尾大社駅から社の入り口まで五分もかからなかった。

「あれが松尾山や」

参道の途中に、立派な鳥居があり、遥か向こうには緑豊かな山が見える。

「あの松尾山の山頂には岩があって、そこに神様が降臨するて言われてるねん。『磐座《いわくら》』いうて、昔から信仰の対象になってるらしい」

「へえ……」

透真の説明を聞きながら、ふたつ目の鳥居をくぐり、境内に入った。

本殿に向かって右に進むと、社務所の手前に【磐座登拝道入口】の標識がある。その案内に従って、長身の透真は腰を屈めるようにして、木造の渡り廊下の下をくぐった。

「あ。井戸がありますよ！」

透真のあとから参道入り口を進むと、【神泉《しんせん》】と書かれた井戸が現れた。

「ああ。それは亀の井っていうねん。その井戸水を酒に混ぜると腐らへんとか、延命長寿の水とか言われてる」

「へえ。ちょっと飲んでみよっかな」

柄杓ですくって手のひらに移して飲んでみたが、味は普通の水だった。

そのあと、美しい庭を眺めたりしていたのだが、神様らしき姿は見えない。境内の中をひととおり歩き回ったあとで、透真が言った。

「見当たらんなあ、ツクヨミ。ちょっと月読神社、行ってみよか？」

「あ、はい」

透真のあとに続く文香が地図アプリで見てみると、松尾大社からその摂社である月読神社の入り口まで、五百メートルほどの距離だった。

道路に面して鳥居がある。上部の中央に【月読神社】としたためられた額が掲げられている鳥居をくぐってすぐの階段を上ると神門があり、その奥が境内になっていた。

その本殿は摂社というだけあって、先ほどの松尾大社に比べると小さく、茶色の茅《かや》葺《ぶき》屋根は少々シンプルに見えた。

そして、その手前には屋根のある舞台のような拝殿があった。

「あ、あれですかね……」

本殿から少し離れたところに、どこか中性的な雰囲気を持つ人物が見える。

「たぶん……」

さすがの透真も、文献にも記述が少ないというツクヨミの姿を想像できていないようだ。

文香が見つけた線の細い男神は、石造りの柵の中に立っていた。

今やすっかり見慣れた大和朝廷風の白い着物姿。その長い髪はふたつに分けてツインテールに結わえられ、両方耳のところで八の字に束ねられている。文香が絵本で見た神様たちのオーソドックスな髪型だ。遠目だが、ほっそりしているのがわかる。

「あそこは『月延石《つきのべ》』が奉納されてる場所やな」

と透真が、細身の神様が立っているところについて説明する。

「月延石？」

「妊娠中の女性が、安産祈願の石を奉納《ほうのう》する場所やねん」

ツクヨミらしき男神は、そこに転がっている石を丁寧に拾っているようだ。

「拾った石をどうするんですかね……」

文香がぼやっと呟く。

「さあ……」

他に神様らしき姿はない。多分あれがツクヨミだと思うが、やっていることの目的はわからない、と透真も小首を傾げる。

やがて、両手にいっぱいになった石を抱え、ツクヨミは本殿の方へと向かった。そこに拾った小石を綺麗にならべ、口の中で祝詞《のりと》のようなものを唱え始める。

その厳かで神秘的な姿に、文香も透真も言葉をかけられない。

——こうやって、石を奉納した女性たちの安産を祈っているのかな……。

文香はツクヨミの周りに漂う優しいオーラを感じた。

「あのお……ツクヨミさんですよね？」

ツクヨミの言葉が途切れたところで、文香はその背中に声をかけた。

「おや。人間なのに、私の姿が見えるということは、誰か位の高い神があなたがたに接触したのですね？」

祈祷が終わったのか、ツクヨミはふたりに背中を向けたまま尋ねた。

アマテラスやスサノオと違い、その口調は丁寧で穏やか、威圧感は皆無だ。

ただ、振り向きもせずに、声をかけただけで自分たちが人間だということや、神に選ばれし者であることを覚っているらしい能力は人知を超えている。

「あ、あの……。アマテラスさんからあなたへの御朱印を預かってきました」

「姉上から？」

その背中がビクリと震えた。

「はい……。あなたに届けてほしいと……」

「姉上は怒っておられましたかッ？」

そう言って急に振り返ったツクヨミは、女性のように美しく整った顔をしている。

「いえ……。怒っている風ではありませんでした。怒ってるというよりは……」

「というよりは？」

「悲しそうというか、元気がないというか……」

「やっぱり……」

「え？　やっぱり？」

がっくりと肩を落としたツクヨミに、文香はひたすら戸惑う。

「と、とにかく、受け取ってもらわないと困るんですけど……」

「そ、そんなこと言われても……」

はっきりとは拒まないものの、迷っている様子を見せるツクヨミ。

文香と彼のやんわりふんわりした押し問答が五分ほど続いたあと、ツクヨミは再び、文香たちに背を向けた。

「ちょっと考えさせてください」

「はい？」

「姉上は私に失望しておられる。わかっています。でも、それを改めて言われると傷つくじゃないですか。受け止めるためには、心の準備をしないと」

「え？　じゃあ、いつ受け取ってもらえるんですか？」

「それは……わかりません……」

「は？」

いつ受け取ってくれるのか、確約してくれないツクヨミに文香は困ってしまった。

「安藤。ちょっと時間をおいて出直そ」

そう提言したのは透真だった。

「え？　また来るってことですか？」

一時間ぐらい猶予を与えればその間にツクヨミも気持ちの整理ができるのではないか、という透真の意見に文香は首をひねった。

「だといいんですけどね。……あれ？」

透真と会話をしている隙に、本殿にいたはずのツクヨミが消えている。逃げたとしか思えなかった。

これではもう、透真の言うとおり、出直すしかないようだ。

「ちょっと昼飯でも食ってから、もういっぺん、ここに戻って来てみようや」

「仕方ないですね」

文香はしぶしぶその場を離れ、透真と一緒に境内をあとにした。

「腹減ったー。安藤、なに食べたい？」

「なんでもいいです。飛鳥井先輩の好きなもので」

ダイエットしなければ、という強迫観念のせいか、実際、食べたいものはなかった。

「じゃあ、俺、天丼」

「そういえば、駅前に定食屋さんありましたよ」

「ほな、そこにしよ」

透真と一緒に駅前の定食屋に入ったあとで、文香は後悔した。喫茶店なら珈琲だけ注文することもできたが、定食屋ではそうもいかない。

一番カロリーの低そうな山菜蕎麦を注文し、麺を少量ずつすする。空腹だったが、それでも頑張って半分ほど残した。

天丼の大盛りを平らげた透真が、

「残すん？　もったいないから、食ったるわ」

と言って、文香の前のどんぶりに手を伸ばした。

「こんなに残すんやったら、注文せんかったらよかったのに」

「え？」

「それは、そうなんですけど……」

透真には好きな物を食べてほしかった。けれど、定食屋さんでなにも食べないのは恥ずかしい。かといって、明日のプールでお腹がぽっこりしてしまうのは嫌だ。そんな風にウジウジ考えて、結局、蕎麦を残してしまったのだ。

そんな体裁ばっかり考えている自分が恥ずかしくもあり、自分が口をつけたものを家族でも恋人でもない透真が食べているという現状が恥ずかしくもあり。文香は透真の顔を直視できなくなった。

「はー、うまかった。ごっそーさん」

あっという間に文香の蕎麦も平らげた透真が、両手を合わせてから席を立つ。

「ツクヨミに会わせてくれたお礼に、おごったるわ」

その店を出て、再び神社に向かいかけた時、透真が嬉しそうな声を上げた。

「わ！　アマテラスや！」

と透真が指さした先、横断歩道の手前にアマテラスが立っている。

アマテラスはすーっと滑るように文香の前まで寄って来て、「待ちきれずにここまで追いかけてきた」と、ここにいる理由を告げる。

「どうであった？」

真剣な目で尋ねられ、文香は言葉に詰まる。それだけで、すべてを察したように、アマテラスは睫毛を伏せる。

「やはり、まだ心を閉ざしたままであったか……」

仕方なく、文香は事実を告げた。

「ツクヨミさんは御朱印を受け取るのを迷っているみたいで……」

「やはりな……」

そうなることを知っていたかのように、アマテラスは溜め息を吐く。

その様子からして、アマテラスはスサノオに対して持っていたような怒りを、ツクヨミに対して持っているわけではないようだ。どちらかと言えば、今回はお互い、なにか触れてはいけない『過去の出来事』があって、アマテラスはそれを清算し、和解しようとしているのではないか、と文香は想像を巡らせた。

「あの時、ツクヨミを『ウケモチ』のところに行かせなければよかった……」

「ウケモチ？」

聞き返す文香には任せておけないとばかりに、透真がふたりの会話に口を挟んだ。

「ウケモチって、五穀豊穣《ごこくほうじょう》の神様ですよね？　ツクヨミが殺したって言われてる」

その透真の言葉は、文香に衝撃を与えた。

——ツクヨミさんが他の神様を殺した。あの、女の人みたいに優美で物静かな神様が……？

「本当は私が行けばよかったのだ。だが、体調が悪かったのだ」

「どういうことですか？」

前のめりになりながら尋ねる文香の質問には答えず、自分が行けばそんな悲劇は起こらなかったと、それぱかり繰り返すアマテラス。

「私が悪かったのだ」

頭を抱え、アマテラスが自分を責めるように呻《うめ》く。

その様子に文香は、取り返しのつかない事態を想像し、青ざめる。

すると透真が、アマテラスの供述を受け、名探偵のように推理を始めた。

「つまり、あなたがツクヨミをウケモチのところに行かせたせいで、ツクヨミがウケモチを殺してしまったということですか？　あなたが行けばそんなことにはならなかったのに？　まさか、あなたは自分がウケモチの接待を受けたくなくて仮病を使ったのでは？」

「…………」

その推論に、悲劇のヒロインのように弱々しく悲しみに暮れる姿を見せていたアマテラスが、チッと舌打ちをして忌々しそうな目で透真を見る。

――どうやら、図星だったようだ。

そう文香が直感したのと同時に、別人のようにすっくと立ちあがったアマテラスが、強い口調で文香に命じた。

「必ずや、その御朱印をツクヨミに開かせるのだ。よいな！」

そう言い残して、アマテラスはいつものように蜃気楼みたいに揺らめき、その姿を消した。

「あ！　アマテラスさん！　必ずや、って言われても、受け取ってもらえなかったらどうすればいいんですか……！」

文香は叫んだが、再びアマテラスが現れることはなかった。


文香は再び月読神社へと歩きだす透真に尋ねた。

「さっき、先輩が言ってた、『仮病』ってどういう意味なんですか？」

文香にはアマテラスの真意も、透真が言っていたことも意味がわからない。

「まず、ウケモチについて説明すると、そもそも、現在の食べ物は、すべてウケモチの体から湧き出たものやって言われてるねん」

「体から食べ物を出せる神様……。だから五穀豊穣の神って言われてるんですね？」

「うん。せやけど、ウケモチは古事記に登場せえへん神様で、詳しいことがわかってない」

「え？　ウケモチさんの名前、古事記には出てこないんですか？」

「うん。ウケモチは日本書紀にだけ出てくる神様で、陸を向いて口から米飯を吐き出し、海を向いて口から魚を吐き出し、山を向いて口から獣を吐き出し、それらでツクヨミをもてなしたって書かれてる。けど、ツクヨミは『吐き出したものを食べさせるとは汚らわしい』と怒り、ウケモチを斬ってしまった、と」

「口から……。それは確かに気分悪いかもしれないけど」

それでも、殺してしまうほどの理由だろうか、と文香は訝る。

「ただ、斬られた体からも多種多様な食物が湧いて出て、そのお陰で崇拝されて豊穣の神として蘇ったわけやな」

「殺されたお陰で神様になるなんて、嬉しいような悲しいような……」

斬り殺される痛みと、神様として崇められる喜びを天秤にかけてみて、文香は小首を傾げる。

「これは俺が常々考えてる勝手な想像なんやけど、アマテラスは自分がそんな気持ちの悪い食材を食べさせられるのが嫌で、かと言って、ウケモチの厚意を断り切れずに、ツクヨミをウケモチの館《やかた》に行かせたんやないかと思ったりしてるねん」

「す、すごい想像力ですね。ていうか、普段からそんなこと考えながら生きてるんですか？　先輩は」

「まあな」

それが自慢であるかのようにドヤ顔で答える透真。あまりにも浮世離れしている彼に感心しながら、文香は透真と一緒に再び月読神社の鳥居をくぐった。

彼らが境内に足を踏み入れた時、ツクヨミが拝殿から降りてきた。そして、なにかを決意したように、先刻よりもキリリとした表情をしてふたりの前に立つ。

「あの……。今度こそ、アマテラスさんの御朱印、受け取ってもらえないでしょうか」

文香が頼むと、ツクヨミは意外なことを言った。

「姉上の御朱印を開く前に、私からの御朱印をウケモチ殿に届けてくれませんか」

「え？　開く前に？」

「そう。その答え次第で決めようかな、と」

つまり、まだアマテラスの気持ちを受け止めるかどうかは決めかねているようだ。しかも、透真の推理が正しいとしたら、姉弟の間の認識にも微妙なズレが生じている気がした。だが、ツクヨミの優柔不断さを感じるほどに、自分が余計な情報を与えて彼の気持ちを乱してはいけない、と思う文香だった。

文香は困惑した。だが、まずはツクヨミの頼みを聞くしかないようだ、と心を決めた。

「でも、どうしてウケモチさんに？」

尋ねると、ツクヨミはとても落ち込んだ表情で睫毛を伏せた。

「いくら五穀豊穣の神として蘇ったとはいえ、斬り殺されて怒らない者はいないでしょう。許してもらえないこともわかっています。それでも、私の後悔と謝罪だけは伝えたいのです」

再び睫毛を上げたその瞳は真剣な光を宿している。

——ツクヨミさんは純粋に謝りたいんだ……。

「わかりました」と文香が御朱印帳を差し出す前に、ツクヨミの方から一枚の紙が差し出された。そこにはすでに、黒々とした墨で【月夜見尊《つきよみのみこと》】と書かれ、鮮やかな朱肉で落款が捺印されていた。御朱印帳を持参していないときに、別の紙に書いてもらうような、あるいは受付の時間外で、予め書かれている御朱印を境内の売店でもらうような、ひとひらの用紙だ。

どうやら、ツクヨミは悩みながらも、自分たちが昼食をとっている間に、この御朱印に自分の気持ちを封印していたらしい、と文香は察した。

「ウケモチ殿は伏見稲荷《ふしみいなり》におる」

「わかりました」

と一枚の御朱印を受け取ったものの、伏見稲荷に行くとなると違う路線に乗り換えなければならない。それぐらいは文香にもわかっていた。

「伏見稲荷って、京阪沿線ですよね？」

「うん。いったん、河原町《かわらまち》まで戻らなあかんわ」

乗りかかった舟だ、と文香は腹をくった。

今日一日は神様の想いを届ける仕事に費やそう、と覚悟を決め、駅の方角へと踵を返した透真の背中を追った。

「先輩が言ってた、アマテラスさんが仮病を使ってツクヨミさんをウケモチさんのところへ行かせたって話、私たちからツクヨミさんに言わない方がいいですよね？」

「そうやなあ。あくまでも、推論やしなあ。まあ、アマテラスの反応からして、たぶん、それが真実やったような気もするけど、俺たちがそれを伝えたせいでアマテラスの御朱印を開いてもらわれへんかったら困るしなあ」

相手は日本神話の主神と言われてる天照大御神やし、プライドもあるやろ、と透真も戸惑うような溜め息を吐いた。

そうして京阪の伏見稲荷駅に着いたのは午後三時を回った頃だった。

参道から境内に入ると、目の前に赤い本殿がある。

「これが伏見稲荷の楼門《ろうもん》なんですね」

案内用の看板を見ながら、文香が確認する。

「うん。ここから見える山全体が伏見稲荷神社だと行っても過言やない。この先にも社が点在してるねん」

透真が言うように、見ている案内板は、山の上までいろいろな見どころがあることを知らせている。

楼門と本殿を抜けて右に折れると、数えきれないほどの朱色の鳥居が連なり、トンネルのようになっている。

「あ、これが有名な千本鳥居《せんぼんとりい》ですね！　すごーい！　京都観光のガイドブックで見たそのまんまです！」

感動しながらくぐった、その内部の幻想的な風景にはなんとも言えない情緒があった。ところどころに提灯が見えるが、昼間なのでそれが灯って鳥居を照らした時の幽玄な景色は想像するしかない。

「けど、ウケモチさん、どこにいるのかな……」

鳥居のトンネルを抜けたところに社務所があり、その脇に石の灯籠がふたつあった。

「あれ……、ですかね？」

これまで見てきた三人の神様と同じ格好をしているにもかかわらず、なんとなく自信が持てないのは、その神様がとても親しみを覚えるぽっちゃりしたおじさんであり、なんだかおかしな行動をしているからだった。

「えー……？　ウケモチ、男神やったんやあ……。日本書紀の記述からして、ずっと女神やと思うてたわ」

落胆とも驚きともとれるトーンで、透真が呟く。

どうやら、ウケモチらしき人物は、ふたつある石灯篭の上に載っている宝珠を持ち上げて、首をひねっていた。

「先輩、あれ、なんですか？」

「あれは『おもかる石』や」

「おもかる石？」

「持ち上げた時に予想よりも軽かったら近いうちに願い事が叶う、思ったより重かったら叶う日が遠い、っていう占いをするための灯篭」

「神様が占い？」

しかも、納得がいかないように首を傾げている様子が、どこかコミカルで笑える。

不思議に思いながらも、文香はおそるおそる声をかけた。

「ウ、ウケモチさんですか？」

「はいはい、ウケモチですよ？」

その返事も、これまでの神様たちにはない軽妙な口調。こちらを向いたのは、本当に人の好さそうな、頬がふっくらして、目じりの下がった神様だった。

「なにされてるんですか？」

いきなり彼を殺したというツクヨミの名前を出すのが憚られ、文香はまずは差し障りのないことから外堀を埋めることにした。

「ああ、これ？　占いしてるんだけど、選んだこっちの石が重い方なのか軽い方なのかよくわかんなくって」

「え？　そうなんですか？」

そんなに微妙な違いしかないのだろうか、と文香はウケモチが手にしている宝珠をじっと見る。

透真は「どれどれ」とばかりにウケモチが持っている石を受け取った。

「お、重い……。たぶん、これ、重い方の宝珠ですよ」

「そっかー。残念」

あまり残念そうでもない様子で、ウケモチがとぼけた笑顔を見せる。

「あのお……。実はツクヨミさんから、ウケモチさんへの御朱印を預かってきたんですけど……」

おそるおそる文香が訪問の趣旨を述べた。

「ああー……。そういえば、いたねえ。そんな名前の神様ねえ……」

するとウケモチはまるで遠い昔の知り合いのひとりを思い出すような、なつかしそうな顔をした。

――え？　そんな反応？　自分を斬った相手なのに？

頬を緩めているウケモチを、文香は不思議な気持ちで見つめる。そして、そのテンションのまま、ウケモチはのんびりと続けた。

「あー。だから、君たち、私の姿が見えるんだね？」

文香は「今ごろ？」と、さんざん会話したあとで気づくウケモチのぼんやりぶりに驚かされる。

「あれはどれぐらい前のことだったかなあ。アマテラスさんの代わりに来たっていうから御飯出したら、いきなり斬りつけてきてさあ。あの時はびっくりしたなー、もう」

そこで透真が割り込んできて、ウケモチに尋ねた。

「ツクヨミはあなたが食べ物を口から出しただけで、斬りつけてきたんですか？」

すると、ウケモチは笑いながら答えた。

「まあ、私が食べ物を出したのは口からだけじゃないからね」

「口だけじゃない？」

文香が思わず眉ひそめる。

「うん。口や目や耳や鼻、それどころか体中のありとあらゆる穴から食物を出すことができるんだよ、私」

「え？　体中のあらゆる穴から？」

文香はその場面を想像して、大きな衝撃を受けた。

「ツクヨミは繊細で意識高い系の神様だから、許せなかったんじゃないの？　あーんなところや、こーんなところから食べ物を生み出してる私のことが」

「あんなとこやこんなとこ……」

更に踏み込んだ想像をしてしまい、文香は胃のあたりが気持ち悪くなる。

「けど、だからって、斬り殺すことはないですよね？　食事に招待した相手を」

「は？　殺す？」

ウケモチの意外な反応に、ふたりは同時に首を傾げる。

「違うんですか？　実際、日本書紀にはそう記されていますよ？　ツクヨミがあなたを殺した、と。そしてその時、あなたの遺体から牛馬、粟、蚕、稗、稲、麦、大豆、小豆が生まれて、その後、それらが民が生きてゆくために必要な食物やその種となったと伝えられています」

透真がそう言うと、ウケモチは呆れたように、笑った。

「盛ってるなー。日本書紀。そっかあ、そういうことになってるのかー」

その軽すぎる反応に、文香と透真は互いに驚いた顔を見合わせる。

「日本書紀とか古事記って書物があることは知ってたけど、その時を生きてた私たちにとっては、今さらどうでもいい過去の物語だからさー。リアルタイムで全部見たり聞いたりしてる内容だし」

そう言われてみれば、と文香は妙に納得したが、研究熱心な透真はすぐに食いつく。

「日本書紀が『盛ってる』って、ほんまは事実と違うっていうことなんですか？」

女神のように描写されていたらしいウケモチが、実際は男神だったこともあるせいか、透真は半信半疑の様子で聞き返した。

「剣を抜いたツクヨミさんに追い回されて、慌てて逃げて転んでちょっとケガしたりしたけど」

「……は？　転んで、ちょっとケガ？」

文香と透真は同時に聞き返していた。

「うん。あっちこっちすりむいてね。そしたら、その傷口からいろいろな穀物や野菜が生えてきて。お陰でまあ、こうして五穀豊穣の神として祀られてるわけ」

アマテラスやツクヨミから聞いていた血なまぐさい話とは違い、あまりにもスケールの小さな話に驚いて、文香は透真に確認した。

「そんなことってあるんですかね？」

「話を誇張するんは、軍記ものなんかではようあることやねん。合戦《かっせん》とか派手な方がおもしろいやろ？　せやし、過去の文献に記載されているから言うて事実だとは限らへんのやけど……。ただ、ツクヨミ自身が斬った、て言うてるしなあ」

文香は改めてウケモチに確認した。

「それって……。ケガしただけってことは、ツクヨミさんは知らないんですか？」

ウケモチは、うーん、と首をひねった。

「どうかなー？」

「は？」

「私、逃げる途中で、頭打って死んだふりしたからね。一回死んで、五穀豊穣の神として民に崇められることで蘇ったと思ってるかもしれないねー、ツクヨミさんは」

「え？　死んだふり？　そ、そうなんですか？」

ぽかんとする文香を見て、「だって、ほんとに怖かったんだもん」と、ウケモチはケロリとしている。

〝死んだふり〟などという幼稚な行動も、この愛嬌のある憎めないルックスをした神様の口からふんわり出てくると、なんとなく納得してしまう。

「で？　それが、そのツクヨミさんからの御朱印ですか？」

と、ウケモチが文香の手にしている御朱印帳に視線を転じる。

「あ、そうです！」

すぐさま文香はそこに挟み込んでいたツクヨミの御朱印を引っ張り出した。

「あれ？」

確かに受け取ったはずの御朱印が白紙になっている。

「え？　どうして？」

文香は慌てて裏返したり太陽に透かしてみたり、バッグの中を見たりしたが、真っ白になった紙切れしか見当たらない。

「そんな……」

呆然とする文香の手から透真が「貸してみ」と御朱印帳を奪った。

「あれ？　ここにあるで？」

透真がページを開くと、アマテラスの御朱印の次のページに、ツクヨミの御朱印がある。紙に書いた御朱印が転写されたかのように。

「なに？　これって、そういうシステム？」

首を傾げながらも、文香は御朱印帳を差し出した。

「これです、たぶん」

すると、ウケモチは初めて戸惑うような顔を見せた。そして、

「ちょっと緊張するなー。傷つくようなこと、書かれてない？」

と、笑いながらも、少し不安そうな表情を浮かべて文香に尋ねる。

「それはないと思います。謝りたいと言ってましたから」

「そう？　ほんとに？」

「はい。そこの部分は大丈夫かと」

やっと決心したらしいウケモチの両腕が左右に広げられると、これまでと同様に、御朱印帳は勝手に文香の手を離れ、空中に浮いた。そして、ツクヨミのしっとりとした声が降ってきた。

ウケモチ殿
あれから、私は深い後悔の中にいます。

あなたの歓待をありがたく思ってしかるべきであるのに、刀を振り回した挙げ句、あなたを傷つけ、死に至らしめてしまった。

そもそも、私はあの時、なぜあのように怒り狂ったのか。終わりのない懺悔の中で、ずっとそればかりを考え続けていました。そしてひとつの答えを導き出したのです。

私はあの時……、とても空腹でした。

あの日の私は多忙を極め、朝から一粒の米も食べていなかったのです。

そして、ようやく夕餉《ゆうげ》の時になって、姉上の名代としてあなたの館へ行くよう命じられたのです。

あなたの館に着いた時にはもう、空腹の絶頂でした。にもかかわらず、目の前に供せられた料理はすべて、あなたが自身の体のいろいろな穴から出したもの。

そしてまだ様々な食材を吐き出し続けているあなたを見て、一気に食欲は失われました。

そりゃ、イラつきますよね。

けど、なにもあなたを殺すことはなかったと思います。その点は反省してます。痛かったでしょう。苦しかったでしょう。本当に申し訳ないと思っています。

そして、あなたを殺してしまったことで、姉上との関係もぎくしゃくしています。

姉上の態度は、あれ以来よそよそしくなりました。普通に接待を受けることすらできなかった、無能な弟に失望しているのです。

そうして折り合いが悪くなってから、私は夜を支配し、姉上は昼間を支配する、そんなお互い顔を合わせない、すれ違い生活が続いています。

どうしてこんなことになったのか。いつもは心穏やかに過ごしているつもりなのに、私はなにかの拍子に急にスイッチが入ってしまう。この性格が恨めしい。

これからは、人の命を大切に、生まれてくる命をいつくしんでいきます。

なので、どうか許してください。

一枚の帯になって風になびいていた御朱印帳は、やがて静かに畳まれ、文香の手に降りてきた。

「そっかー。そうだったのかー。死んだふりなんかしなきゃよかったのかなー」

ツクヨミの気持ちを受け取ったウケモチは、ぶつぶつ呟いている。

そういう問題なのだろうか、と文香はウケモチの澄んだ瞳をじっと見る。

――ツクヨミさんはあんなに悩んで苦しんでいたのに、ウケモチさんの反応はあまりに軽い。

「私ねえ、とっても大事に祀られてるんですよ、五穀豊穣の神様として日本中に。それってやっぱり、ツクヨミさんのお陰じゃないかって思ったりしてるんですよねー」

「そうなんですか？　どうして？」

「私なんて、古事記にも出てこないモブキャラじゃないですかあ？　だけど、ビッグネームのツクヨミさんに殺されたことになってるから、こんなにメジャーになれたんじゃないかなー、と思ってって」

――うーん、それはどうなんだろう……。

「あ、じゃあ。返事、書くので届けてくださいね」

なんと言っていいのかわからない文香に、ウケモチが相変わらず軽い調子で言う。

一度は文香の手に戻ってきた御朱印帳が、再び舞い上がった。

さらさらさら、と墨が走り、落款の音が一度だけ空中で弾けたが、あっという間に文香の手に戻ってくる。

「え？　もういいんですか？」

スサノオやアマテラスの時に比べ、所要時間がとても短い。文香は思わず確認した。

「うん。これで十分」

そう言ったウケモチが続ける。

「でも、今日はいい日だなー。ツクヨミさんの気持ちもわかったしー」

「はあ……」

曖昧に頷いているうちに、「じゃあねー」と言った目の前の笑顔が薄くなり、ウケモチの姿が消えた。

「じゃ、行きますか。ツクヨミさんのとこ」

文香から透真に声をかけ、ふたりは駅の方角へと引き返した。

「それにしても、ウケモチはイメージ違ったなあ」

歩きながら、透真が感想を漏らす。

「やっぱり、女性のイメージなんですか？　ウケモチさんは」

「うーん。そうやなあ。けど、大らかさという意味では、五穀豊穣の神にイメージぴったりやったかもしれへん」

ですね、と文香も微笑む。

「それにしても、今回のウケモチさんからツクヨミさんへの返事の御朱印、ずいぶん短時間で出来上がりましたね」

「確かに。歴代最速かもしれへんな」

「と言っても、まだ五回目ですけどね」

あんなに短い時間で描かれた御朱印とは、どんなものなのだろう、と電車に乗ってからふたりで御朱印帳を開いてみると、そこにはスサノオやアマテラスが描いたものと同様、流麗な筆致で描かれた【保食神《うけもちのかみ》】という名前と、朱色の落款がたったひとつ。

「なんか……。今回のはえらいシンプルやな」

「確かに」

一緒に紙面を眺め、文香も透真に同意した。

「なんかこれ、受け取った時も、どんな気持ちが込められてるのか全然わからなかったんですよね」

それまでは、受け取った御朱印帳から、込められたばかりの想いが、なんとなく文香の心に伝わってきた。それは胸を締めつけるような切なさだったり、寛大な気持ちだったりした。だが、今回に限って、なにも感じない。それを透真に伝えると、彼は腕を組んで「うーん」と考え込んだ。

「あんな風には言ってたけど、実はまだ怒ってて、剣もほろろな返事やったりして」

「えー？　それ、ヤバいじゃないですか！　あの繊細そうなツクヨミさんですよ？　謝罪を拒絶されたりしたら、ふさぎ込んでアマテラスさんの御朱印を開くどころじゃなくなっちゃいますよ、きっと」

急に不安になりながら、ふたりが再び月読神社に戻った時、ツクヨミは待ちきれなかったのか、鳥居の下に立っていた。ソワソワと返事を待つ様子は、アマテラスからの返事を待っていた時のスサノオを思い出させる。

ふたりの姿を見つけたツクヨミは、

「まだウケモチ殿は怒り狂っておったであろう？」

と、決めつけるようなトーンで言った。その問いに答えたのは透真だった。

「いや、怒ってないと思います。本人は斬られてない、転んだだけ、とか言ってましたし。あまりにも飄々《ひょうひょう》としてるというか、掴みどころがないというか」

「は？　なにをバカなことを……」

目を丸くするツクヨミを見ると、文香は自信がなくなった。

「本人は確かにそう言ってましたけど……」

「そんなはずはない。私が斬り捨てたのだから。我に返って抱き起こしたが、もう息がなかったのだ。そしてそのあと、姉上が送って寄越した使者が、『死んだウケモチの体から、みるみる植物が生え始めるのを見た』と報告しておるのだ」

「確かに日本書紀にもそう書かれてはいますが……」

詰め寄られる文香に助け舟を出すかのように言った透真も、当惑の表情を浮かべている。

文香は戸惑いながらバッグの中を探った。

ウケモチの真意は自分たちにもわからない。こうなったらもう、そこになにが描かれていようとも、ウケモチの思いを直接ツクヨミに届けるほかない。

「詳しいことはよくわかりませんが、とりあえず、ウケモチさんの御朱印を預かってきました」

「ウ、ウケモチ殿の御朱印……!」

明らかにツクヨミは怯んでいる。その顔が真っ青になっているので、文香は御朱印帳を出していいのかどうかわからなくなり、バッグを探る手が止まる。

「ど、どうします？」

「むむ。も、もちろん、開いて読ませてもらう。ウケモチの怒りも悲しみもすべて受け止める覚悟はできておる」

怖じ気づいていることを隠そうとするかのように、ツクヨミは元の凛とした表情に戻ったが、その指先はふるふると震えていた。

それではと、文香が御朱印帳をバッグから出すと、それは、ふうっと宙に浮き、さらさらと音をたて、ウケモチの御朱印だけがページから浮かび上がる。それは眩しいほど美しく輝いていたが、降ってきた声はひと言だけだった。

ツクヨミさんへ
もう、いーよー。

ツクヨミを含め、そこにいた全員が、呆然とした。

「それだけ？」

その時、ふと、文香は保育園時代のことを思い出した。彼女が通っていた保育園にはルールがあった。喧嘩をしたら「ごめんなさい」と素直に謝る。謝られた方は必ず「いいよ」と答える。ウケモチからの返事は、まさにその「いいよ」と同じトーンに聞こえた。

「ウケモチ殿……」

呻くようにその名前を呼んだツクヨミは、鳥居の下でがっくりと両膝をつき、両手で顔を覆った。

「やはり、転んだというのは、ウケモチ殿の嘘だ。私を苦しめないための……」

嗚咽で語尾が震えている。

——ウケモチさん……。

文香は人の好さそうなウケモチの姿を思い出し、胸が締めつけられる。

「ウケモチさん、ツクヨミさんのお陰で有名になったって。お陰で皆に感謝されて、日本中の神社が自分を大切に祀ってくれてるって言ってました」

「そんな……」

ツクヨミの目が救いを求めているように見えた。喉が詰まったようになって、答えられない文香の代わりに、透真が口を開いた。

「ウケモチさんは恨んではいないと思います。なんだか、そういうの、全部、超越《ちょうえつ》してるような神様に見えました。正直、感心しました。さすがは自分の体を食糧に変える神様だな、と」

その透真の言葉に安堵の表情を浮かべたツクヨミは、「そうか、本当にもう許してくれていたのだな、ウケモチ殿は」と呟くように言って立ち上がり、力ない足どりで社の方へと歩き始めた。

それを見て、文香はようやく、「大事なこと忘れてた」と手に戻ってきた御朱印帳を再び差し出す。

「あの……。アマテラスさんからの御朱印は……」

文香が遠慮がちに尋ねると、ツクヨミは威厳と落ち着きを取り戻した声で、

「うむ。拝殿で開く」

と、短く答えた。文香と透真は互いの顔を見合わせて、うん、と深く頷く。

――これでアマテラスさんの想いを届けられる。

蜩《ひぐらし》の声を聞きながら、ふたりは拝殿へ上がるツクヨミを見守った。

「ふたりとも、こちらへ参れ」

手招きされ、文香は緊張しながらも透真と一緒に拝殿へ上がる。

文香はドキドキしながら、階段を上がった。透真も緊張しきった横顔を見せている。

なにしろ、いつもは威厳をまき散らしているあのアマテラスが、腫れ物に触るような態度で頼んできた御朱印だ。

ツクヨミも神妙な面持ちで手を差し伸べ、御朱印帳を宙で開いた。


ツクヨミへ。

お前には本当に悪いことをしたと思っています。


その声は力を失いながらも、毅然としたトーンだった。

あの日、本当は私がウケモチを殺さなければならなかったのです。

なぜなら、ウケモチは殺されて初めて、豊穣の神となるからです。

お前も聞いたでしょう。死んだウケモチの体から粟や稗、稲や麦などの穀物が生まれたという話を。

けれど、ウケモチはあのとおり、のほほんとした優しい神であるし、なんだか気が引けて、自分の手で殺めたくないがために、あなたを行かせました。

お前が空腹になるとカッとしやすいことは、以前からわかっていました。

だから、朝からずっと食事ができないほど働かせ、そのままウケモチの屋敷に行かせたのです。

目の前の食事を食べたいのに、吐き出されたものを食べるのはプライドが許さない。きっとお前はキレるだろう、とわかっていました。

——マジか……。

あまりにも自己中心的なアマテラスの行動に、文香は驚嘆し、その仕打ちに愕然とした。

ごめんなさい。けど、お前がウケモチを斬ってくれたおかげで、この世の豊かな食生活はあるのです。

　そりゃ、私が殺した方がウケモチの知名度はもっと上がったかもしれないけど、お前にはあまりエピソードも残ってないしね。これぐらいはあってもいいかなー、って思ってます。

　だからもう、私のことは許してね。よろしく。


　うーん……、と文香は首をひねった。

　つまり、アマテラスは自分が手を汚したくないがために弟を腹ペコにしてウケモチのところに行かせ、五穀豊穣のためという大義名分のもと、手にかけさせた。それにしては、軽い手紙だ。

「ひどい……」

　ツクヨミはさめざめと泣いている。

「あんまりだ……。私がこれまで、どれほどの罪悪感に苛まれてきたか……」

　だよね、と文香は溜め息をつく。

　それでも、アマテラスはアマテラスなりに罪悪感を抱え、故意にツクヨミとすれ違うような生活を送っていたということなのだろうか。

　隣で透真も困惑気味の表情で考え込んでいる。

「無理……」

うつむいたままのツクヨミが呻くように言った。

「姉上に御朱印を返す気にはなれぬ」

「……だよな」

透真もうんうん、と頷いている。

相手によっては手紙を書く気になれないこともあるよね、と文香も頷いた。

「けど、それならそれで、その正直な気持ちをアマテラスさんに伝えてはどうでしょうか？　ありのままの気持ちを」

咄嗟に出た文香の言葉を、透真がフォローした。

「確かに、そうやな。いっそ、『許さない』って気持ちを送りつけてもええんやないですか？　怒りでも、恨みでも、なんでも。黙って抱えてても伝わらないでしょう？」

ふたりがかりで『今こそ想いを伝えるべきだ』と必死に説得したが、ツクヨミはうつむいて、

「ちょっと考えさせて……」

と、また優柔不断な神様に戻ってしまった。

「わかりました。また、来ます」

文香がそう答えると、ツクヨミは拝殿を降り、そのまま消えた。

「あ、ツクヨミさん……！」

心配になって呼びかける文香を、透真が制した。

「たぶん、会いに行ったんだな、ウケモチに」

「え？　ウケモチさんに？」

「あの御朱印で、ウケモチが自分を許してるって知ったから……。きっと、直接謝りに行ったんやろ」

「そっか……。今まで謝りに行くのも怖かったんですね、きっと」

と同情しながら見上げた空に薄く青白い月が出ている。

ふたり並んで、ツクヨミの頬と同じ色の月を見ながら、駅へと引き返す。

「日本書紀の中でも、ウケモチの一件で不仲になったアマテラスとツクヨミは、互いに出会うことを嫌い、昼と夜に分かれて世界を治めるようになったたって書かれてるねん」

「それをすれ違い生活って言ってたんですよね……」

「みたいやな。で、夕飯どうする？　やっぱり食べへんの？」

文香のダイエットを気遣うように透真が尋ねる。

「いや、食べます。今はウケモチが現代に残してくれたお米をいっぱい食べたい気分です」

「よっしゃ！」

ふたりは昼間の定食屋へ向かった。

「けど、アマテラスさん、あれでも彼女なりに謝ってるわけだし、言いにくいですね。まだツクヨミさんが怒ってること」

「そうやなあ。ウケモチの性格があまりにもよすぎて、アマテラスの自己中ぶりが際立ってしまったな。すぐには返事を書く気になられへん、ていうツクヨミの気持ちもわからんでもないよなあ」

「けど、あれがプライドの高いアマテラスさんにとっては精いっぱいの謝罪だと思うんです。その証拠に嘘偽りなく、キラキラ輝いてましたよ？　あの自己チューな内容からしたら、恥ずかしいほどピカピカ黄金色に」

ふたりは意見を交わしながら、小さな定食屋の暖簾をくぐった。

アマテラスになんて言えばいいんだろう、と文香は気が重い。ツクヨミの肩を持つような発言をしていた透真だが、責任を感じているのは文香と同じらしい。

「こうなったらやけ食いや！　俺、かつ丼大盛り！」

すらりとしているのに、食欲旺盛な透真が羨ましい。文香は妬ましい気持ちになりながらも、負けじと「私も！」と同じものを注文する。

半分ほど食べたところで、さすがにお腹いっぱいになってきたが、目の前にウケモチがいるような気がして残せない。この米、一粒一粒がウケモチの大切な子供たちのような気がして。

「あー、食った食った」

「おいしかったですねー」

食べている間はツクヨミからもらえなかった返事のことも忘れ、大満足で定食屋を出たところに、どんよりとした空気をまとうアマテラスが立っている。

「うっ……」

ふたり同時にビクリと身を引いた。

「ツクヨミからの返事は？　御朱印は返してくれたのか？」

「えっと……」

ツクヨミの涙を見た文香は、「許してもらうのは無理です」と伝えるつもりだったのだが、覇気のないアマテラスを見ると言いにくい。

黙っている文香に、今度は詰め寄るような勢いで女神が迫る。

「このアマテラスが謝っているのだ。悪い返事は寄越すまい？」

「えっと……」

「私だって、あれほど憎んでいたスサノオを許す気になったのだ。その御朱印帳の力はわかっておる」

「それは……。時と場合によるのではないかと……。あと、書きかた？　とか？」

「書きかた？」

あんなに高飛車な謝り方では、許す気にもなれないだろう、と文香は思う。が、それを口に出すことはできないほど、太陽神は神々しい。

「わかった。そうまで言うなら、書き直してくる」

「へええ……。書き直せるんや、御朱印……」

透真が感心したようにつぶやいた時、ヒラ、と一枚の紙が御朱印帳の間から舞い落ちた。

「あれ？」

ツクヨミから御朱印として預かったあと、御朱印帳本体に転写され、白紙になったあの紙切れだろうか、と思いながら文香が拾い上げると、そこにはまた【月夜見尊】の文字が浮かび上がっている。だが、ウケモチに届けたものとは異なり、落款もひとつだけとシンプルだ。

「おお、あるではないか。ツクヨミからの返事が」

「え？　これ、そうなんですか？」

いつの間に差し込まれたのだろう、と文香は首を傾げながらも、拾った御朱印を差し出す。

するとそのひとひらは、風もない中で宙に舞い上がり、短い言葉が降ってきた。

姉上へ
もう、いーよー。
BY　ツクヨミ。

それは、ウケモチからの返事を真似たような、ツクヨミの声だった。

「それだけ？」

ふたりの人間とひと柱の神の声がハモった。が、すぐに「そうか」とアマテラスが瞳を輝かせる。

「やはりな。私が自ら頭を下げたのだ。ツクヨミの気持ちも春の雪のように溶けたのであろう」

そう言って深く頷いたアマテラスは「よしっ！」と小さくガッツポーズをしたかと思うと、その体が、すっと空へ舞い上がった。

「あ……」

月光に照らされたアマテラスの着物は虹色に輝き、艶やかな髪がキラキラと光りながらたなびいている。

宙に浮いたアマテラスは、四条の方角へと飛び去った。

「う、美しい……。けど、なんか、反省のない神様ですね。許してもらえたから、それでいい、みたいな感じで」

「そやな。まあ、日本の氏神様やからな」

寛大な心でアマテラスを許したツクヨミの気持ちを考え、文香は溜め息をついた。

「御朱印というか、手紙って、性格や個性が出るもんですね」

文香がしみじみと呟く。

「神様にしろ、人間にしろ、文字や言葉にすることで、その人らしさみたいなもんが出て、それなりに誰かの心に届くもんなんやなあ」

という透真の感想に、文香は深く共感する。

「ほんと、そうですね。私も誰かに手紙、書きたくなりました」

「俺も」

ふたりは笑いあった。

「じゃ、帰りましょうか？　私も明日はプールだし」

「そっか。そやな」

ふたりは駅への近道、路地裏へ回った。そこには大きなゴミバケツがふたつ並んでいる。

その時、裏木戸が開いて、定食屋の店員らしき女性がそこに残飯を捨てた。客の食べ残しだろうか、と文香が見ていると、そこにぼやっと白い霞のような物体が現れ、やがてそれはウケモチの姿になった。

「可哀想に……」

そう呟き、廃棄される残飯をじっと見て涙するウケモチ。このところ、食べ物を粗末に扱うことが多かった文香は、胸が痛んだ。

「行こう。飢えている民のいる国へ」

そう言って、ウケモチの肩を抱いたのはツクヨミだった。そして二柱はそのまま消えた。

「え？　この国からウケモチさんが消えたらヤバくないですか？」

文香は透真に訴える。

「俺に言われても……」

「ウケモチさーん！　カム・バーック！」

文香は何度も叫んだ。

第四話　美しすぎる神様・タマヨリ姫／下鴨神社

「あれ？　安藤さん、太った？」

ホテルのプールに続く女子更衣室で、真中詩織が驚いたように、文香の全身を眺めまわした。

「う、うん……。最近ちょっと食べすぎで」

「は？　二週間前から言っといたよね？　プール行くって」

詩織は責めるように言い、彼女の取り巻きふたりはクスクス笑う。文香以外の三人は今年流行りのビキニを見事に着こなしている。

「そ、そうなんだけど……」

「そんなブヨブヨした体、ＳＮＳに上げられないじゃん」

「で、でも……」

確かに、プール代を払ってくれたのは詩織だ。「可愛く撮れたら、顔はちゃんと加工するから写真上げさせてね？」ということも、事前に言われていた。

だが、まさか体型のことでこんなに罵られるとは思わなかった。

理不尽だと思った。が、その一方で、せっかく誘ってくれた詩織を失望させてしまったと思うと、申し訳ない気持ちにもなる。

文香はウケモチの一件でダイエットを途中放棄してしまったことを、後悔し始めていた。

「もういいわ。安藤さんのことは写さないから、適当に泳いでて。お昼に、カフェで集合ね」

「う、うん……」

その時は、詩織に対して腹が立つというよりは、自分の意志の弱さが嫌になった。急な減量をするのではなく、普段からもう少し節制すべきだったのだ。

とても泳ぐ気分ではなくなり、文香は一度もプールには入らず、更衣室に戻って服を着た。

ランチの時間までに二時間以上あったが、文香はそのままカフェに降りた。

「おひとり様ですか？」

ほっそりとしたウェイトレスが文香に尋ねる。

「いえ。あとで友達が来るので」

――それでも、こうして『友達』と言える存在がいることが嬉しい。

「承知しました。それではあちらの窓際のお席にどうぞ」

文香を四人がけのテーブルに通したあと、メニューを置いて去っていくメイドのような制服の後ろ姿。その痩せた背中が、今の彼女には羨ましい。

「はあ……」

文香が溜め息をついたのと同時に、後ろのテーブルの客が立ち上がる気配がした。

「ありがとうございました」

落ち着いた女性の声がして、「それじゃ、また」と男の低い声が返す。

その直後、ダブルのスーツを着た紳士が文香のテーブルの横を通り過ぎた。なぜか彼女はその横顔を、どこかで見たことがあるような気がした。

その時、後ろのテーブルから、また同じ女性の声がした。

「透真。なんで、もっと話さへんの？　あんた、なんか怒ってんの？」

――うん？　透真？

ちらっと振り返って見ると、後ろのテーブルに透真とその母親が並んで座っている。

――え？　飛鳥井先輩？

このテーブルに通された時、文香は後ろに透真がいることに気づかなかった。その理由が今わかった。

いつもの茶髪が黒く染められていたことと、普段のアロハシャツとは違って、今日は仕立ての良さそうな黒いジャケットを羽織っているせいだ。

――まるで別人だ……。

まじまじと観察する文香の目と、透真の瞳とがカチンとぶつかった。

「お。安藤やん。どないしたん？　こんな場所で」

返事をする前に、文香は透真の母親に軽く会釈をした。彼女も同じように、上品なお辞儀を返してくる。

「ちょっと友達とプールに来てて」

「は？　友達と、って、ひとりやん？」

「友達はまだ泳いでます。私は体調悪いので先に上がったんです」

「ふーん」

それだけのやりとりで、すべてのいきさつを透真に見透かされたような気がして、文香はそそくさと前を向いてメニューを眺める。

「お母はん。俺、この子とお茶して帰るわ」

「は？　あんた、駅まで見送りに行かんつもりやの？」

そんなやりとりを聞いて、文香は恐縮した。

「飛鳥井先輩。私の方はあとで友達も来ますから。お母さんと行ってください」

だが、文香の言葉はスルーされた。

「ええやろ、ここで」

「ええやろ……って……。もう！　あんたって子は！　好きにしなさい」

ふたりの間に、なんとなくぎくしゃくした空気が流れているのを文香は感じた。

「なに飲む？」

母親が行ってしまうと、透真はそう言いながら、あっという間に席を移って、文香の向かいに座る。

「先輩、お母さんと一緒にいなくていいんですか？　それに、お母さん、駅に見送りがどうとかおっしゃってましたけど？」

「ええねん、ええねん、そんなの」

軽く手を振って、メニューを覗き込む透真。

「というか先輩こそ、こんなところでなにしてたんですか？　しかも、そんな、ちゃんとした格好して」

「ああ。これ？」

と透真は親指で自分の胸元を指さしてから、

「オヤジに会うててん」

と、続ける。

「え？　お父さん？　さっきのスーツの人ですか？」

「うん。お母はんが、親父に会うからちゃんとした格好してほしい、て言うから」

──自分の父親に会うためにちゃんとした格好……。

それは文香には理解しがたい理屈だった。が、透真がそれっきり、なにかを補足説明する様子はないので、文香もそれ以上踏み込むのはやめた。

「んで、なに飲む？」

「えっと……」

ふたりでひとつのメニューを覗き込んだ時、

「安藤さん」

と、やけに明るい声に呼ばれた。さほど楽しくなかったのか、思いのほか早くSNS用の写真を撮り終えたからなのか、真中詩織とその取り巻きが立っている。

透真が増えたせいで、四人がけのテーブルでは席が足りないだろうと思った文香は腰を上げた。

「あ、ああ。詩織さん。どうぞ、ここ使ってください。私たち、後ろに移るんで」

幸い、さっきまで透真たちが座っていた後ろのテーブルはまだ片付けられていない。

文香は立ち上がって、透真を促したが、詩織がにこにこ笑いながら、文香をテーブルに押し戻した。

「なに言ってるのよお。皆で、ここでランチすればいいじゃないの」

「え？　いいんですか？」

文香がきょとんと聞き返すと、詩織は「あたりまえでしょう？」と笑った。

結局、椅子をもうひとつ引っ張ってきて、五人でテーブルを囲むことになった。

「で？　そちらのかたはどなた？」

上目遣いに透真を見る詩織の顔を見て、文香はようやく、彼女が急に上機嫌になった理由がわかった。薄茶色の瞳が、明らかに透真をロックオンしている。

「あ、この人は私のバイト先の先輩で、飛鳥井透真さんです。家も近所で」

「へぇ。飛鳥井さんは大学生なんですか？」

「うん。三年生」

大学名を言えば、ブランド好きの彼女はもっと食いついたかもしれない。が、透真はそれ以上の情報を出さなかった。

「透真さん。モデルみたい。一緒に写真とか、撮ってもらってもいいですか？ 私、京都で出会った素敵な人たちと記念写真撮ってるんですよー。ＳＮＳに上げたいんですー」

詩織が当然のことのように一眼レフを取り巻きに渡し、甘い声でねだる。

「あー。俺、そういうのアカンねん。世界中に自分の顔を配信するとか、誰トクなん？ 承認願望？ にしても、意味わからん、て思ってまうねん。ごめんな、頭が古くて」

「…………」

詩織が絶句し、テーブルはシンと静まり返った。詩織はその『意味わからん、誰トクなこと』に生活のすべてを捧げていると言っても過言ではないのだ。

「あ。もう行かなあかんわ。バイトの前にこのダッサい髪の色、元に戻さな」

客観的に見てフォトジェニックな透真だが、興味があるのは神話の世界だけらしく、積極的にSNSをやっている様子はなかった。が、SNSに対してそんな風に考えていたとは意外だった。

透真が去ったあとのテーブルで、文香はいたたまれない気持ちに苛まれる。

「わ、私もそろそろ……」

腰を上げかけた文香に、無表情になった詩織が強い口調でいった。

「安藤さん。来週の日曜日、合コンだから。目いっぱい可愛くしてきてね」

「え？　合コン？」

文香の知り合いである透真に、SNSのことを全否定されたせいだろう、詩織は明らかに怒っている。にもかかわらず、ダイエットに失敗したことも水に流し、コンパに誘ってくれた。なにかあるのだろう、と文香は戸惑いながらも、「誘ってくれて、ありがとう」と礼を言って、その場を離れた。

——どうしても、やっとできた女友達を失いたくなかった。

今度こそ、詩織を失望させたくない。綺麗になりたい。

バイト先で郵便物の仕分け作業をしながら、文香はそればかり考えていた。

「先輩。私、今、切実に美しくなりたいんですよね」

バイトの帰り道、文香は透真に打ち明けた。

スサノオの脅威から解放されたあとも、家が近いこともあり文香は透真と一緒に帰宅することが多かった。

「なんで？」

「今度こそ、詩織さんを失望させたくないんです」

「詩織って……。ああ、あのSNSガール？」

「その嫌味な言いかたはどうかと思いますけど、この前、ホテルのレストランで会ったあのクラスメイトです。彼女に合コンに誘われたんです。可愛くしてきてね、って言われて」

どうでもいいような顔で「ふーん」と呟いた透真は、すぐに、なにかいいことを思いついたように文香を見た。

「そや。それなら、河合《かわい》神社に行かへん？」

「河合神社？　神社と可愛くなることと、どういう関係が……」

「河合神社は『美人祈願』で有名やねん」

「美人祈願って……。神頼みってことですか？　メイクの勉強とか可愛いファッションの研究をするとかじゃなくて？」

なんだか努力をしないで綺麗になりたいという傲慢さが見えて、文香は唖然とする。

「有名人も来るような、霊験あらたかな神社やねんで」

「へえ」

それなら少しは信ぴょう性がありそうだと思い、文香はなんとなく河合神社へ行ってみようかな、という気になる。

「ほな、明日にしよか」

「え？　いきなり明日ですか？」

「早い方がええやろ？　美人になるの。ここからバスで二十分ぐらいやし」

冗談とも本気ともつかない。透真の言葉に、文香は首を傾げた。


結局、翌日の朝。

文香は透真と一緒に観光客で満員のバスに揺られ、下鴨神社付近のバス停に降り立っていた。

朱色と白のコントラスト。八坂神社に勝るとも劣らない壮麗な下賀茂神社の境内を抜けて少し歩くと、両側から木々がせり出すように生い茂る広い道に出た。

「わー。これが糺《ただす》の森なんですね。すごーい」

文香は子供の頃に父親と行った、明治神宮を思い出した。

鬱蒼《うっそう》とした森の中の広い道に、蝉の声が降っていた。

父は母親のいない文香を不憫に思っていたのか、休みの日はできるだけ家の外へ連れ出してくれた。あの頃は、今みたいに寂しい思いをする日が来るなんて、想像してもいなかった。

「あ、ここが河合神社ですか？」

最初に下鴨神社を見てしまったせいか、河合神社はずいぶんとこじんまりして見える。

それでも、独特な趣のある建物がいくつか点在する敷地の中は、女性たちで溢れていた。彼女たちは皆、不思議な形の絵馬を奉納している。

――しゃもじの形？

不思議に思って横からさりげなく覗き込むと、どうやらそれはしゃもじではなく、手鏡の形の絵馬らしい、とわかった。だが、絵馬に願い事を書くというありきたりな願かけをしている様子はない。もともと絵馬には『へのへのもへじ』的な簡素な顔が描いてある。

「あれって、なにしてるんですか？」

「あの手鏡みたいな形の絵馬に、自分のコスメで眉を描いたり、口紅を塗ったりして、綺麗になりたい、って気持ちを込めるねん」

そんな透真の説明どおり、女性たちは皆、それぞれ自分の物らしき化粧品を手にしている。

——へぇえ。面白い。

文香もすぐに手鏡絵馬を購入した。

——美人になって、詩織さんとずっと友達でいられますように。

なんとなく、詩織と友達でいる条件は、SNS映えする美人であること、のような気がしていた。それがいいことかどうかはわからなかったが、そうやって自分を磨き、意識を高く持つことが悪いことだとは思わない。

絵馬を奉納したあとは、売店でご利益のありそうなものを物色した。

「お。美人水って、あるで」

透真は文香の美人祈願を茶化すように言うが、その美人水なる飲み物を販売しているらしい窓口には、若い女性が列をなしている。

売店前に貼られている説明書きによれば、喉にいいとされる果物〝かりん〟が主な成分のジュースらしい。

「この美人水を飲めば美人になれるんですか？　ずいぶん、お手軽ですね」

「ははは。それは心がけ次第ちゃうか？」

自分でこの神社に誘った透真だが、美人水については信用していない様子だ。

けれど、文香は、

「数百円で美人になれれば安いもんです」

と、レモネードのような半透明の飲み物を買って、透真が座っているベンチに腰を下ろした。

暑かったせいもあり、一気に飲み干してしまう。

「どない？」

「普通においしいです」

「ふーん」

透真は扇子で顔をあおぎながら、さりげなく、境内のあちこちに視線を投げている。

「もしかして、神様、探してます？」

やはり本気で文香を美人にしようという気持ちではなく、これが本当の目的だ、と文香は確信した。どうせ、自分を神社に誘った理由はそんなことだろう、とは思っていたが……。

「いや、そんなことは……。安藤が美人になれたらええなー、と思いつつ。ただ、ここはいろんな神さんを祀ってるところやから、ひとりぐらい御朱印帳に魅かれて現れてもよさそうなもんやねんけどなー、と思ったり。せっかく、神様が見えるようになったわけやし」

「やっぱりね」

文香は軽く透真を睨む。

「まあまあ。また神様に会えたら、甘いもん、おごったるから」

「やったー！　……って、そんな単純じゃないですからね？」

そんな冗談を言い合いながらも、文香はふとした拍子に透真がホテルのレストランで素っ気なく接していた彼の〝父親〟のことを考えてしまう。ふたりの間に感じた、どこかぎこちない空気のことを。

「どうかしたん？」

知らず知らず深刻な表情になっていたのか、透真が文香の顔を覗き込むようにして尋ねる。

「あ、いえ。さっきの美人水、効くのかなーと思って」

文香がごまかしながらベンチから腰を上げて河合神社を出ようとした時、

「あの……」

と、優しい声に引き留められた。

文香が振り返ると、そこに立っていたのは美しい姫君だ。

豊かな黒髪を端正に結い上げ、エメラルド色の着物に、ショールのような赤い絹をまとっている。文香はその外見だけで、声をかけてきたのが神話の中の人物だと直感した。

大きな瞳と長い睫毛。ぽってりとしたピンク色の唇は形がいい。眩いほどの美しさだが、アマテラスのような近寄りがたさはない。

「あなたが携えておるのは、スサノオの御朱印帳ですか？」

それはしっとりと落ち着いた声だった。

「どうしてそれを……」

バッグの中に入れているにもかかわらず、御朱印帳の存在を言い当てられたことが、文香には解せなかった。

「その御朱印帳には強い想いを持つ神々を引きつける力があるのです」

それを聞いた透真が、「よし！」とガッツポーズしている。

「それに、私たちの間で噂になっているのですよ。神々の想いを届けてくれる心優しい郵便屋さんのことが」

「えええっ？」

のけぞるほど驚く文香と、再び「よっしゃ！」とガッツポーズをする透真。もっと噂が広まれば、更に多くの神様と交流する機会が増えると思っているのだろう、と文香は呆れる。

「はい。確かにこれは、スサノオさんからもらった、ていうか、拾わされた御朱印帳ですが……」

文香はバッグから、すでにいくつかの想いや願いを届け終えた帳面を出す。

「私にも、届けてもらいたい想いがあるのです」

姫君が文香にすがるような目でそう告白する。透真が、その前に、と口を開く。

「ここにいるということは、もしかして、あなたはタマヨリ姫ですか？」

その風貌から確信しているのか、透真が河合神社に祀られている神様の名前を口にする。

「はい。いかにも。私はタマヨリです」

――はっきり言って聞いたことがない。

あんまりメジャーじゃない神様なのだろうか、と首を傾げる文香に、透真が、

「古事記に登場する女神で、大綿津見神《おおわたつみのかみ》の娘や」

と、耳打ちする。

――もっとわからない……。

だが、本人を前にして、まったく知らない、というわけにもいかず、文香はうやむやに微笑んでおく。

「お願いです。姉のトヨタマに私の想いを届けてください」

これまでの神様と違い、とても礼儀正しく、腰が低くて好感が持てる神様だ、と文香のタマヨリに対する第一印象はとてもいい。

「私は姉上の一番大切なものを奪ってしまったのです」

「お姉さんの一番大切なもの？」

それは一体、なんなのだろう、と尋ねたいが、タマヨリはそう言っただけでもう、涙をぽろぽろ零しはじめた。

泣き崩れるタマヨリを前にして、文香はそれ以上踏み込んで聞くことができない。

「わ、わかりました。だから、もう泣かないでください」

こんな綺麗で優しそうな神様の願いながら、なんとか叶えてあげたい。力になりたい。そんな前向きな気持ちになった文香は、御朱印帳を差し出した。

すると、御朱印帳はこれまでと同じように、文香とタマヨリの間に浮かび、ばさばさばさ、と開いて風になびく。

――さらさらさらさら。パン、パン、パチン、パチン。

毛筆の走る音と、落款が弾ける音。

【玉依姫尊《たまよりひめのみこと》】

文香の手に降りてきた御朱印帳には、達筆でそうしたためられていた。

「それで、その、トヨタマさんというお姉さんは、今、どちらに？」

どこまでも届ける覚悟で尋ねた。

「霧島《きりしま》にある鹿児島神宮《かごしまじんぐう》です」

「え？　鹿児島？」

想像を超えた遠隔地に文香は戸惑った。

バイト代をコツコツ貯めてはいたが、先日の水着代や合コン用の夏物のワンピースなどを買ったあとで、旅費が不安になった。

――鹿児島は遠すぎるかも……。

これまでの神様の願い事はすべて京都府内で解決した。同じように近場を想像していた文香は、眩暈《めまい》を起こしそうになった。

「大丈夫です。お任せください。俺たち、もう夏休みなんで」

「はあ？」

そういう問題ではない、と反論しようとした文香を、透真が引きずるようにして、境内から連れ出す。

「旅費は俺が出すから」

「え？　そこまで？」

神話・神様フリークだということはわかっていたが、鹿児島までの旅費をふたり分出してまで、そのトヨタマに会いたいとは……。文香は呆れた。

「もしかして、トヨタマ姫って、タマヨリ姫に負けず劣らずの相当な美人とか？」

「まあ、伝説上はそういうことになってるけど、なんで？」

――やっぱり美人は得だ。

文香はわけもなくがっかりした。

「やっぱり男子は美人が好きなんですね……」

「てか、なんとかしてやりたいねん。タマヨリ姫とトヨタマ姫の関係は複雑やから」

「複雑？」

再び糺の森を抜けたふたりは、賀茂川《かもがわ》沿いの道を、日陰を選んで歩いた。

歩道の向こうの木々から聞こえるアブラゼミの声が、耳に張りつく。

「海幸彦《うみさちひこ》と山幸彦《やまさちひこ》は知ってるやろ？」

「あー……、なんとなく。絵本で読んだことある気がします。確か、兄弟ですよね？」

我ながら、すべてが絵本から得た知識というのが情けない。しかも、うろ覚えだ。

「山幸彦は狩猟が上手で、海幸彦は釣りが上手な神様や。で、ある日、お互いの道具を取り換えて、海幸彦は山へ狩りに、そして山幸彦や海へ釣りに行ってんけど、山幸彦は釣り針を失くしてしまって、海幸彦からこっぴどく叱られてしまう」

「あ、なんとなく思い出してきました。山幸彦は失くした釣り針の代わりに、自分の剣から何百個もの釣り針を作ったけど、海幸彦に許してもらえないんですよね？」

「そう。それで、途方に暮れて海を見ている時に、年寄りの神様に『ワタツミの宮殿』に行けば、釣り針のありかがわかるかもしれない、ってアドバイスされるねん」

そういえば、文香は、山幸彦が海の底にある国に行くイラストを見たような気がした。だが、その宮殿の名前には覚えがない。

「ワタツミの宮殿？」

「まあ、いわゆる竜宮城みたいなもんやな」

「じゃあ、亀に乗って海底に行くんですか？」

「いや。竹で編んだ籠の舟で」

「籠？　チャレンジャーですね、山幸彦」

「いや、亀でも十分、チャレンジャーやろ」

籠と亀。どちらがリスキーかという、どうでもいい論争をひとしきり繰り広げたあと、透真が、

「そうして、ワタツミの宮殿に辿り着いた山幸彦はそこで美しい女神、トヨタマ姫に出会うことができてん」

と説明した。

「へー。まさにオトヒメ様ですね」

「うん。トヨタマ姫がオトヒメだという説もあるぐらいやで」

「とはいえ、神代の昔の話なんて、もはや検証のしようがないですよね」

「そやな。現存する資料が少ないからなあ」

「で？　山幸彦とオトヒメ様……じゃなくて、トヨタマ姫はどうなったんですか？」

「恋に落ちる。そして、三年もの間、仲睦まじく暮らす」

「えー？　三年も？　釣り針のこと、完全に忘れてたってことですか？　海幸彦の大事な物を紛失しといて、ですか？」

文香には山幸彦の気持ちが理解できない。

「たぶん、浦島太郎とおんなじで、宮殿での時間の流れが陸との時間と違《ちご》たんやないかな。もしくは、出会った瞬間トヨタマ姫に一目惚れして、釣り針のことはすっかり忘れてたか」

「後者はいかがなものかと思いますが、前者なら仕方ないと思います」

文香は率直な感想を述べた。

「ま、とりあえず、三年間放置した理由はおいといて。ある日、釣り針をのことを思い出した山幸彦は、なんとか釣り針を探し出して陸に帰ってしまうねん」

「えー？」

いつまでも仲良く一緒に暮らしてハッピーエンドではなかったことに、文香は不満の声を上げる。

「けど、その数か月後、山幸彦の子を宿していたことに気づいたトヨタマ姫は山幸彦に会うために陸へ上がるねん」

「おお。陸と海の遠距離恋愛！　再び盛り上がってきましたね」

透真の語りに、文香の気持ちも前のめりになる。

「山幸彦は訪ねてきたトヨタマ姫の出産のために産屋《うぶや》を建ててやるねん。で、トヨタマ姫は出産のためにその産屋に入るねんけど、その前に、『絶対に覗かないでくださいね』って言う」

「それ、どっかで聞いたことがあるような……」

文香は『鶴の恩返し』のストーリーと混同しそうになった。

「けど、心配でたまらんかったんやろな、山幸彦は産屋の中を覗いてしまうねん」

「まさか、産屋の中のトヨタマ姫、鶴だったんじゃ……」

「いや。鶴じゃなくて、鮫《さめ》」

「え？　鮫？　それはインパクトありますねえ……」

鮫が赤ん坊を生んでいる姿を想像し、文香は軽いショックを受ける。

「その姿を見られたトヨタマ姫は自分を恥じて、我が子を残したまま、海へ戻ってしまう」

「嘘……」

想像もしなかった物語の結末に愕然として、文香の足が止まった。

と同時に、夢中になって聞いていた神話の世界から現実に戻って、アブラゼミの声も耳鳴りのように戻ってきた。

「それがさっき会ったタマヨリ姫のお姉さんの話なんですね？」

「そう。で、海底に戻ったものの、陸に残してきた我が子を心配したトヨタマ姫は、妹であるタマヨリ姫を山幸彦との間に産まれた我が子のそばへ送る」

「へえ。よっぽど、信頼し合ってた姉妹なんですね」

「そやな。で、トヨタマ姫の息子はタマヨリ姫に育てられ、大人になってタマヨリ姫と結婚する」

「……はい？」

「もっかい言うで？　妹のタマヨリ姫が、姉のトヨタマ姫の息子と結婚するねん」

文香は一瞬、透真の言っていることが理解できなかった。そして、ワンテンポ遅れて驚嘆の波が押し寄せてきた。

「えーっ？　つまり、叔母さんと甥っ子？　神話の世界の話だし、法律的には問題ないのかもしれませんけど、トヨタマ姫的にはどうなんですかね？　息子の養育係として派遣した妹が、よりによって、その大切な息子と結婚しちゃうんですよ？」

自分で口に出して言ってから思い出した。タマヨリが『姉上の大切なものを奪った』と言っていたことを。

「そうやなあ。確かに、心情的には微妙かもしれへんな」

そう言って腕組みをした透真が更に続ける。

「で、そのふたりの間に子供が生まれた」

　当然と言えば当然の結果なのかもしれないが、妹が自分の孫を産むという状況を、トヨタマはどう思っただろう、と文香は不安になった。

「その時、タマヨリが産んだのが、初代天皇である神武《じんむ》天皇だと言われてる」

「へえー」

　感心しきりの文香に、透真が、

「で、いつ行く？　鹿児島」

と、話のついでのように切り出す。

だが、これも乗りかかった舟だ、と文香はスマホのスケジュールを立ち上げた。

「とりあえず、次の日曜日は合コンなんで、それ以外で」

「やっぱ行くんや、合コン」

「行きますよ。美人水も飲んだし。けど、バイトは？」

「休みが取りやすいのも、このバイトのええところや。夏休みで学生アルバイト、増えてるし。リーダー権限でシフト調整するわ」

　透真は、ドンと自分の胸を叩くようなジェスチャーをしてから続けた。

「ほな、安藤の合コンの翌日の月曜日から、一泊二日で鹿児島神社に御朱印を届けに行くで」

「え？　一泊二日なんですか？　わ、私、泊まるとかはちょっと……」

そう返しながら、文香は自分の頬が上気するのを感じる。

「そらそうやろ。鹿児島やで？」

その言いかたにはなんの下心も感じられない。透真は単に、鹿児島まで日帰りはキツいという事実だけしか考えていないようだ、と文香はわけもなくホッとし、不純な想像をした自分を反省する。


そして、美人水の効果があったのかなかったのかわからないまま、日曜日を迎えた。

河原町の雑居ビルの中にあるおしゃれな居酒屋。広い掘りごたつの個室で、向かい合う十人の男女。

相手は京都市内にある私立大学の男子学生で、いかにも遊び慣れている感じのグループだった。

長方形の大きなテーブルを挟んで一列に並んでいる男子たちの、女子をあからさまに値踏みするような視線に戸惑う。

「この子が、この前言ってた安藤文香ちゃん。可愛いでしょ？」

なぜか一番に文香を紹介する詩織。

「ど、どうも。安藤です。よろしくお願いします」

文香は緊張しながら小さく頭を下げた。すると、男子たちの表情に、露骨な失望が表れたような気がした。

——あれ？

不思議に思いながらも、文香は皆の話に相槌を打ち、場の雰囲気を壊さないように、ひたすらニコニコしていた。

女子たちは皆、美しく着飾っている。文香もそれなりにおしゃれをしてきたつもりだったが、詩織の取り巻きには常に自分を磨き上げているような芸能人みたいな華やかさがある。

気疲れして肩が凝り、詩織がトイレに立ったのを見計らって、文香も席を離れた。

軽く外の空気を吸ってから席に戻ろうとした時、喫煙コーナーと書かれている張り紙のある壁の向こうから、ひそひそ声を潜めて話している男女の声が聞こえてきた。

男の方は誰かわからないが、女の声は詩織のものだ。

「なんなん、あれ！　詩織、超可愛い子連れてくるから、って言うたやん！」

詩織がクスッと笑う声が聞こえてくる。

「え？　そう？　可愛くない？　安藤さん」

それは、とぼけるような言いかただった。ふうっとタバコの煙を吐く気配まで漏れてくる。

「これやから女の『可愛い子』はあてにならへんねん」

吐き捨てるように言った男子がコーナーから出てくる足音を聞いて、文香は急いでトイレの方に向かった。このまま席に戻って失望している男子たちの視線に晒されるのは耐えられない、と思ったからだ。

すると、今度は女子トイレの向こうから、詩織の取り巻きの声が漏れてきた。

「けど、安藤さんちょっと可哀想やね。詩織、事前に相当ハードル上げたみたいよ？

『文香っていう、タレント級の美人を連れてくる』って」

それを聞いて、男子たちの失望の理由がわかった。

「あー。そうなんだあ。実はこの前さあ、詩織のご機嫌損ねたんだよねー、彼女。ていうか、彼女の知り合いの男子？」

つまり、SNSに理解を示さなかった透真への不満が、変化球で自分に返ってきたということなのだろうか、と文香は愕然とした。

「にしても、今日の合コン相手のメンツ、過去最低ちゃう？」

あっという間に取り巻きたちの話題は文香から離れる。

「だよねー。詩織の顔立てて来てんけどー。ちょっと勘弁って感じだよねー」

「顔もイマイチやし、服もダサイし」

「聞いた？　今日、割り勘やねんて？」

「えー？　あのレベルで？　ないわー、それは」

「だいじょぶ、だいじょぶ。詩織が出してくれるってー」

「そっかー。よかったー。でなきゃ、女王様のご機嫌取りなんて、やってらんないよねー」

取り巻きたちは、今度は詩織の陰口を言い始めた。

――醜い……。

彼女たちは皆、SNS映えする美人だし、いつもおしゃれな髪型に流行りの服を着ている。けれど、その中味は裏表が激しく、お金だけで詩織と繋がり、利用している卑しい人間だったのだ。

――詩織も取り巻きも、どっちもどっち。もう、うんざりだ。

文香はトイレから出てきた取り巻きのひとりに、

「ごめん。急用ができたから、もう帰るね。詩織さんに伝えといてもらってもいい？今度、大学で会った時に私の分の今日の会費、払うから、って」

と頼んだ。相手はトイレの中で文香の話をしていたせいなのか、どこかオドオドした様子で文香の伝言を了解した。

友達でいたいと切望していた詩織たちに対する熱が、急速に冷めていく。

――私、寂しさで目が眩んでたのかもしれない。

その時、やっと目が覚めたような気がした。ようやく、無理をして彼女たちに合わせようとしていた自分に気づいたのだ。いや、薄々わかっていたが、考えないようにしていた自分に。

詩織や取り巻きたちの本性を知ってしまった出来事を思い出すと、文香の気持ちは沈んだ。

けれど、合コンの翌日が、文香にとって未知の場所、鹿児島へ向かう日だったことは、幸いだった。

家を出る時、真っ青な空の端に、もくもくと湧いている純白の入道雲がまぶしかった。

「お待たせ、お待たせ」

そう言って自宅から出てきた透真は、巨大なスーツケースを転がしている。胸にアマテラスらしきイラストが入ったTシャツを着て。

「えっと……。一泊ですよね？　しかも、ビジネスホテルだから、たいていの物は部屋にあると思いますけど」

一週間ほど海外旅行に行くのかと思うほどの荷物に、文香は唖然とした。

「俺、ドライヤーとかパジャマとかシャンプーとか髭剃りとか、いつも使ってるやつでないとアカンねん」

「そ、そうなんですか……」

それに引き換え、文香は小さなボストンバッグひとつだった。

「ほな、行こか」

ふたりは京都駅から伊丹空港に向かう空港リムジンバスに乗った。

「新幹線で鹿児島中央まで行く方法も考えたんやけど、飛行機なら一時間やねん」

「い、一時間？　大阪から鹿児島まで一時間なんですか？」

「そやで。日帰りできんこともないけど、鹿児島神宮で他の神様に出会って、頼まれ事せんとも限らんしな」

――なるほど。それが一泊する狙いか。あわよくば他の神様にも会いたいという下心で一泊二日の旅程を組んだんだな。

透真の神様に対する執念に、文香はまたもや唖然とさせられる。

「ふぁ〜あ……」

早起きしたせいか、バスに揺られ、ウトウトしているうちに伊丹空港に着いていた。

「うわー。空港だー」

羽田や成田に比べれば、かなり小規模ではあるが、やはり空港の景色は非日常的なそれだ。

国内線のチェックインカウンターで透真の荷物を預け、ふたりはさっそくゲートに向かった。夏休みのせいか学生や家族連れが多い。

「飛行機なんて久しぶりで、ワクワクしますー」

途中、文香はついつい売店を覗いて、土産物を物色してしまう。

『出発便のご案内を申し上げます……』

やがて搭乗のアナウンスが始まり、ふたりはブリッジから機内へ移動した。

「奥の席、いく？」

透真が窓際を譲ってくれた。

「ありがとうございます」

春、京都に来たばかりの時にはまったく知らなかった人と、夏にはもう一緒に九州へ向かう機内で隣り合わせている。恋人でもクラスメイトでもない人と。

——不思議だ。けれど、楽しい。

間もなく飛行機は離陸し、雲の上に出た。

ダイエットや合コン。地上で起きた面倒な出来事が、どんどん遠ざかっていくような気がして心地よい。

——来てよかった。

「荷物、上のラックに入れたろか？　脚、伸ばせんやろ」

シートベルト着用のサインが消えた時、透真が文香の前の座席の下に入れたボストンバッグを顎でさす。

「あ、ありがとうございます」

文香は母のお守りが入ったポーチだけをボストンバッグから抜いて、透真に渡した。

「物持ちがええんやな」

使い込んでクタクタになったポーチのことを、遠回しに「買い換えないの？」と聞かれているような気がした。

「ああ、これ、母の形見なんです。母は私がお腹にいる時、このポーチの中に母子手帳と安産祈願のお守りを入れて持ち歩いてたそうなんです。でも、出産後に亡くなってしまって。今は私が持ってるんですよ」

「ふうん。そっか。聞いて悪かったな」

ボストンバッグを片付けた透真が、文香の気持ちを思いやるように、しんみりした口調で言いながら、隣の席に座り直す。

文香は無理に笑顔を作りながら、

「いえ。平気です。飛鳥井先輩のとこも、なんか複雑そうだし」

と、その話に触れていいのかどうか、透真の反応を見る。

「ああ、俺の父親のこと?」

彼は機内誌を手にとって、足を組みながら軽く聞き返した。

「はい。この前、ホテルのカフェで一緒にいた人、やっと思い出しました。あのあと、テレビで見かけて」

文香が見た透真の父親は、テレビで時々見かける政治家だった。すぐに検索してみたが、彼に息子はいなかった。代わりに娘がふたり。そして妻も花街の女将ではなく、大臣経験のある大物政治家の娘だった。

「俺、中学生になるまで、父親の顔知らずに育ってん。お母はんが俺の父親は死んだって言い張ってたし」

透真はさらりと言ったが、男の子にとってそれは、かなり寂しいことだったのではないだろうか、と文香は推測する。自分が本当の母親と一緒にお料理をしたり、裁縫を習ったりできなかった切なさを思い出しながら。

「じゃあ、お父さんとキャッチボールとか、できなかったんですね……」

しんみりそう言った文香を、透真は笑い飛ばした。

「ははは。父親とはキャッチボールできへんかったけど、お母はんの知り合いのプロ野球選手に教えてもろてた。あの人の人脈、半端ないねん」

「…………」

リアクションに困る文香に、透真は「けど……」と語尾を沈める。

「小学校に上がった時、ちょっとした手がかりを見つけて東京まで父親を探しにいったことがあるねん」

「しょ、小学校に上がった時って、六歳ぐらいの時ってことですか？」

「うん、それぐらい。同じ男の人が、お母はんと写ってる写真が何枚も見つかって。その写真と一緒に、東京の同じ住所から届いた封筒の束が隠すように置いてあった。それ見て、『この写真の男の人が、俺のお父はんなんや』って直感してん。そしたら、どんな人か、どうしても会うてみたなって、気がついたら、貯めてたお年玉握りしめて電車に乗ってた」

「……それで？」

わずか六歳の男の子の危うい冒険の始まりに、文香は身を乗り出す。

「新幹線と電車を乗り継いで、人に聞きもって、封筒の住所まで行ってみてん」

「そしたら？」

「当時、俺の父親はまだ初当選したばっかりの議員やった。にしては、デカい家に住んでて、その広い芝生の庭には真っ白いブランコがあってん……」

透真はその情景を思い出すかのように遠い目をしている。

「そのブランコで綺麗なワンピースを着た女の子がふたり、楽しそうに遊んでたわ」

その口調は、悲しみも諦めも、特別な感情はなにも含んでいないような淡々としたトーンで、文香の鼓膜に届いた。けれど、同じような境遇だからこそ、その時の寂しさが手に取るようにわかる。

――実の父親がよその家庭の父親だったなんて……。小学生だった男の子には、受け止めきれないほど辛い現実だよね。

それを飄々と語る透真の横顔が、文香の胸を締めつける。

――私はお母さんのいる他の子が妬ましかった。けど、他の誰かのお母さんが、実は自分の母親だったりしたら……。自分ではなく、他の子のお母さんになることを選んだのだとしたら……。

きっと怒りと悲しみで、泣き叫んでしまうだろう、と思った。

けれど、透真の声はたいした起伏も淀みもなく続いた。

「声をかけることも忘れて、その幸せそうな景色をぼんやり見てたら、いきなり現れた母親に腕を引っ張られて、家の前から引き離された。その時、生まれて初めて叩かれてん。びっくりして泣きながら『なにすんねん！』って怒鳴った。けど、見たら、母親も泣いてて……。その時、ああ、あかんのや。俺はこの人が悲しむことや心配させるようなことをしたら絶対にあかんのや、て思い知った。この人だけが自分の親なんやから、て」

「そうだったんですか……」

自分も寂しい思いをしてきただけに、文香の涙腺がじわりと緩む。

「けど、俺が中学校に上がる時に、いきなり母親がその人を連れてきて、目の前で俺のこと認知させてん」

「え？　急にどうして？」

「まあ、俺の将来のこととか、いろいろ考えたんちゃうかな？　いろいろな場面で保証人とか必要になってくるし。お座敷のお客さんの中には、大企業の社長さんみたいな人もぎょうさんおったけど、そういう人に頼むよりは本当の父親に、て思ったんやろ」

「そっか……。お母さん、本当に飛鳥井先輩のこと考えてるんですね」

「そやな。せやし、俺もちゃんとせな、と思って」

——え？　ちゃんと？　それでこの茶髪にアロハ？

その文香の疑問に答えるみたいに、透真が言った。

「我が子が好きなことして、人生を楽しんでる方が親も安心するやろ？」

「…………」

透真はへらっと笑っていたが、飛鳥井先輩は考えが深いな、と文香は感心していた。

そして、透真が、タマヨリ姫とトヨタマ姫のことを気にかけている理由がわかった気がした。彼女たちはどちらも、複雑な事情を持つ母親だ。透真は、ふたりの気持ちをどうにかしてやりたい、と切実に願っているのだろうと文香はしみじみ考えた。

——やっぱり、スサノオに追いかけられた私が飛鳥井先輩にぶつかりそうになったのも、先輩が神様の御朱印帳に触ったのも、偶然じゃなかったのかも……。

孤独な気持ちが共鳴しあって、スサノオが文香を選んだのだとすれば、文香自身が無意識のうちに透真を引き寄せたのかもしれない、と彼女は思った。

そうしているうちに、機体は着陸態勢に入った。

「ほんとにあっという間やな。せっかく読もうと思ってた新説の日本書紀、全然読まれへんかったわ」

本を出す暇もなく残念そうに機内誌を閉じる透真。私とのおしゃべりが長すぎたらしい、と文香は笑う。

けれど文香は、わずか一時間のフライトの間に、透真のことを深く知ることができたような気がしていた。

鹿児島空港から神宮までは、タクシーで移動した。

「わ、でっかい鳥居」

京都に来てからというもの、鳥居は見慣れている。が、タクシーに乗ったまま、巨大な鳥居の下を走り抜けるのは初めてだった。しかも、道路をまたぐように建立されているその鳥居は、天辺が黒と白のツートンで、それ以外は足元まで朱色だ。

「あ、ここで降ろしてください」

乗ってから十五分ほどで、透真がドライバーに言った。

タクシーを降りて参道を進むと、さっきくぐった珍しい色彩の鳥居とは異なる、古木の幹のような色をした素朴な鳥居が見えてきた。

そこからは歩いて社殿へと向かった。色褪せたようなグレーの屋根にくすんだ朱色の柱、そして白壁。

ふたりは境内をウロウロし、神様の姿を探した。

「あ、あれかな……」

透真が指さした社殿の奥に、タマヨリにそっくりの女神が見えた。

その女神は深い緑色の着物を着ている。王冠や髪型は異なるが、優しい顔立ちはタマヨリに酷似していた。

「トヨタマ姫ですか？」

文香が尋ねると、美しい顔がふとこちらを見て頷く。

「妹さんのタマヨリ姫から御朱印を預かってきたのですが……」

「タマヨリから？」

トヨタマは驚いたように聞き返した。妹からの手紙など、想像もしていなかった様子だ。

「はい。どうしても、あなたに届けてほしいと」

文香がそう言いながら、御朱印帳を出すと、トヨタマは戸惑うように黙り込んだ。が、少し間をおいてから、口を開く。

「タマヨリは私のことを、薄情な母親だと軽蔑してはいませんでしたか？」

「え？　軽蔑？」

思いもよらなかった単語が飛び出し、文香は驚いた。

「軽蔑なんて……。ここにどういう気持ちが封印されているのか、私たちには開く力がないのでわかりませんが、受け取った時には、そんな雰囲気はまったくありませんでした」

「そうですか……」

それでも、トヨタマは迷っている様子だった。

「どうか、受け取ってあげてください。これを託した時のタマヨリ姫は、すがりつくような目をして泣いていました」

「泣いていた？」

トヨタマが驚いたように睫毛を跳ね上げて聞き返す。

「はい。あなたの一番大切なものを奪ってしまったと……」

文香がそうタマヨリの様子を伝えると、トヨタマは愕然とした表情になった。

「どうしてそんな……」

なにか気持ちの行き違いがあったのか、トヨタマがそわそわと落ち着きのない様子になる。

「お願いです。タマヨリ姫の気持ち、受け取ってください」

重ねて頼むと、ようやくトヨタマが決心したように顔を上げた。

「わかりました、静かなところで開きましょう」

トヨタマは境内の裏まで行き、ついてきた文香と向かいあった。

――バサッ。

ここでも御朱印帳は宙に浮かび、そこでページから飛び出してきた文字が躍る。

やがて、美しい声が降ってきた。

お姉さまへ
お変わりございませんか？　わたくしは息災にしております。
この度、スサノオ殿の御朱印帳を持って我が社を訪れた者に出会い、これも天の定めと思い、意を決して文をしたためさせていただきます。

そんな言葉で、タマヨリの想いは語られ始めた。

すでにお聞き及びだと存じますが、お姉さまが残されたウガヤフキアエズは立派に成長いたしました。

文香は聞きなれない人物の名前らしきものに首を傾げる。

「ウ、ウガヤ?」

「ウガヤフキアエズ。トヨタマ姫が産んだ息子の名前や」

透真が解説してくれたが、覚えられそうにないので、文香は心の中で、ウガちゃん、と呼ぶことにした。

お姉さまが去られたあと、わたくしはウガヤフキアエズの養育係に徹するつもりでおりました。

けれど、成人したウガヤフキアエズに求められ、拒むことができず……。

いえ……。そのような綺麗事を申すのはやめて、偽らざる本心を申しましょう。

わたくしはお姉さまが残した美しい男子に、ずっと心惹かれていたのです。

もちろん、その気持ちはずっと押し隠しておりました。

けれど、いつの間にか、互いに惹かれあい、心酔するようになり……。

四子を授かりました。

そのウガちゃんとタマヨリの間に産まれた子供たちのうちのひとりが、初代天皇である神武天皇になるのだな、と文香は先日聞いた透真の話を思い出した。

ウガヤフキアエズに慈しまれ、わたくしは幸せです。

けれど、幸せであればあるほど、お姉さまの大切な御子を穢し、奪ってしまったような罪悪感に苛まれます。

お姉さま。あなたがわたくしを許さないとおっしゃるのであれば、わたくしはウガヤフキアエズのそばから消えましょう。

いいえ。本当はもっと早くにお姉さまのお気持ちを確認するべきでした。

けれど、ウガヤフキアエズと共に過ごす時間があまりにも幸せで……女として幸せすぎて……。結局、心に封をして、お姉さまのことを考えないようにして、ついズルズルとこの日を迎えてしまいました。

どうか、これまでの不義をお許しくださいませ。

タマヨリの気持ちを伝え終えた御朱印帳は、ゆっくりと文香の手に降りてきた。

が、あまりにも複雑な心情に、文香は戸惑うばかりで、トヨタマにかける言葉も見つからず、ただじっと彼女の美麗な顔を見つめる。

「タマヨリ……」

目を閉じていたトヨタマがそう呟いたかと思うと、彼女の白い頬を涙が一筋、すっと滑り落ちた。

「わたくしがタマヨリに会いにもいかず、便りすら送らなかったことが、こんなにも妹を苦しめていたとは……」

絶句し、長い袖で顔を隠したトヨタマが、声を押し殺して泣き始める。

しばらくして、ようやく顔を上げたトヨタマの泣き濡れた瞳が、あまりにも美しくて文香はぼーっと見とれてしまった。

が、すぐに我に返って訴えた。

「お願いします。トヨタマ姫からタマヨリ姫にも気持ちを送ってあげてください」

そうしなければ、タマヨリはずっと罪悪感に苛まれ続けることになる。

「私は……。我が子、ウガヤフキアエズの気持ちを乱すことをしたくなかった。そのために存在を見せぬようにして、すべてを妹に託したのです。私自身、我が子に会えない辛さに身を裂かれるようでした。でも、息子は私のことを冷たい母親だと思っていることでしょう」

「それは……」

タマヨリの気持ちはわかっても、トヨタマの息子の気持ちまでは文香たちにはわからない。

「けれど、それでいいと思っているのです。私は憎まれたままでいいのです。心穏やかに生きることができるのであれば」

「でも、タマヨリ姫は、あなたに謝りたいと言って泣いてました。本当はウガ……、えっと、ウガフキ……いやウガヤフ？」

「ウガヤフキアエズ」

トヨタマが真顔で我が子の名前を訂正する。

「そう、そのウガちゃんの乳母として、タマヨリ姫は仕えようとしてたんだと思います。それなのに、女性として彼を愛してしまった。自分自身が許せないんだと思います。心も体も美しい、純粋な神様に見えましたから」

「そうですか……。妹はまったく変わっていないのですね、あの頃と」

そう言って、ようやくトヨタマが微笑した。

「妹の気持ちはわかりました。それでは、私もタマヨリに御朱印を送りましょう。それをあなたに託します」

トヨタマが宣言するのと同時に、再び御朱印帳が文香の手を離れる。さらさらさら。筆の音が長く続いた。そして、落款が弾ける音がして、御朱印帳が降りてくる。

それを文香が抱きしめると、詳しい内容はわからなかったが、心も体も温まるような優しさが伝わってきた。

——きっと悪い返事じゃない。

それだけは文香にもわかった。そして、それを感じると、いてもたってもいられなくなる。

「飛鳥井先輩。帰りましょう。今すぐ」

「は？　ホテルは？」

「キャンセルで！　今から帰れば、夕方には河合神社に行けますよね？」

「…………」

予約してくれた透真には申し訳なかったが、どうしても、今すぐトヨタマの御朱印を妹のタマヨリ姫に届けてやりたかった。

「タマヨリ姫はきっと、不安な気持ちで、お姉さんからの返事を待ってると思うんです」

必死に訴える文香を見て、はあっ、と透真が溜め息をついた。他の神様との遭遇を諦めたかのように。

「わかった、わかった。んじゃ、行くか」

タッチ・アンド・ゴーで鹿児島神宮を去るふたりを、トヨタマ姫が鳥居の下から、ずっと見送っている。

「必ず届けますからー！」

文香は何度も振り返って手を振った。

そんな文香を透真が笑いながら見ている。

「え？　どうかしました？　私、変な顔とかしてます？」

「いや。だんだん、神さんの郵便屋らしゅうなってきたなあ、と思うて」

「は？　神様の郵便屋さん？　私がですか？」

そう言われて、嬉しいような嬉しくないような、文香は不思議な気持ちになった。

帰りの飛行機を変更し、ふたりが河合神社に到着したのは、閉門ぎりぎりの午後五時前だった。

「ああ！」

神社の前にぼんやりと座っていたタマヨリが、文香たちを見つけて立ち上がり、声を上げる。

――もしかして、御朱印を預かった時からずっと、ここで待ってたのかな。

文香も知らず知らずのうちに小走りになった。

「預かってきました！　お姉さんのトヨタマ姫からの御朱印！」

文香の方へ駆け寄りかけたタマヨリの足が止まる。

やはり姉からの返事を聞くのが怖いのか、文香の姿を見つけた時に浮かんでいた歓喜の表情が消え、美しい顔が強張っている。

「いいですか？　お渡ししても」

タマヨリがあまりにも緊張しているようなので、文香も慎重に尋ねる。

タマヨリは目を閉じ、呼吸を整えるように口から息を吐いてから睫毛を上げた。

「はい。開きます」

両方の手のひらを文香の方へ差し出した途端、バッグの中の御朱印帳が宙に浮いた。

ひらひらとたなびく和紙から文字が浮かび上がった。

　タマヨリよ。

　息災でなによりです。

　そして、私が便りを送らなかったばっかりに、お前を苦しめてしまったことを知り、申し訳ない気持ちでいっぱいです。

トヨタマの文は、妹への謝罪から始まった。

わたくしがウガヤフキアエズの前に姿を現したら、きっと彼はわたくしを恋い慕うあまりに、泣き暮らすことになったでしょう。子を持ったお前にもわかるでしょうが、親子の情とはそういうものです。

お前はわたくしの期待どおり、ウガヤフキアエズを立派に育ててくれました。それだけでなく、神と国を結ぶ子をなしてくれた。

私にとってもこれ以上の幸せはありません。

愛する妹よ。どうか、もう、苦しまないでください。

トヨタマの優しい想いが温かい雨のように降ってくる。

文香はタマヨリがぽろぽろと涙を流すのを見ていた。自分の瞳も、じんわりと熱くなるのをこらえながら。

やがて御朱印帳が文香の手に戻ってくる。まるでそこが定位置であるかのように。

境内を照らす月明かりの中、タマヨリはいつまでも美しい涙を流し続けていた。

「そっとしとこか」

小声で囁いた透真が、片付けの始まった境内を出ていく。文香もそのあとに続いた。

じゃりじゃりと玉砂利を踏む足音を立てないように。

「ありがとうございましたー！」

不意に、ふたりの背後で、タマヨリの声が響いた。

——ゴーーーン……。

姫君の声と、どこかの社寺の鐘の音が重なった。

文香が振り返ると、タマヨリに寄り添う美しい男神の姿があった。その凛とした顔にはトヨタマの面影。文香は二柱の神様に手を振ってから透真の後に続いて参道に出た。

「えっと、次のバスは……」

長身を折るようにして、バス停の時刻表を覗き込む透真。

スマホを見ると、時刻は午後六時。

鹿児島と九州の間を一日で往復した疲れが一気に襲ってくる。

数分後、やってきたバスの吊り革に透真と並んでつかまりながら、文香は女性の美しさについて考えていた。

「綺麗でしたね。タマヨリ姫もトヨタマ姫も」

「そやな」

短く答える透真の横顔はなにかを考えているように見えた。そのいつになく真面目な表情を見て、彼は自分の母親をふたりの姫君に重ねているのかもしれない、と文香は思った。

「私、小さかった飛鳥井先輩に『父親は死んだ』って言った時の先輩のお母さんの気持ち、なんとなくわかった気がします」

「そうなん？」

「はい。生きてるのに会えないって、一番辛いですよね、きっと」

「かもしれへん。東京で父親を見てしもてから、いろいろ複雑な気持ちになったんは事実や。他の子が父親と一緒におるんを見て寂しくなったり、俺のお父はんは、なんで会いに来てくれへんのやろう、て考えたり」

だから、トヨタマも我が子の前に現れなかったのだろう。タマヨリにすべてを託すと決めたから。

「今回のことで、やっぱ美人って、見た目だけの問題じゃないんだ、ってよくわかりました」

文香はタマヨリやトヨタマを、詩織やその取り巻きたちと比べていた。

「やっぱり、相手を思いやる優しさとか、純粋さとか、そういう内面がそこはかとなく滲み出ているような人が本当の美人だってわかりました」

「へえ、安藤がそんな美人になれるんやったら、今回の旅費は安いもんやな」

と、透真がからかうような目をする。

「はい。私はやっぱり、外見を飾るんじゃなくて、奥ゆかしさとか、優しさとか、母性とか、そういう内面の美しさを磨きたいと思います」

実際、ダイエットだのメイクだのファッションだの、見た目ばかりにこだわっていたこれまでの自分が愚かに思えた。


「んじゃ、またな。けど、神様が現れたら、夜中でも連絡してや」

結局、一度も開けなかった大型トランクを転がして、豆腐屋の前まで送ってくれた透真が軽く手をあげる。

「はいはーい。わかってまーす」

その後ろ姿を見送りながら、自分が理想の女性になれた時、隣にいてくれる男性の姿を想像する。

——トヨタマ姫にとっての山幸彦やタマヨリ姫にとってのウガちゃんみたいな人が、将来私の隣にいてくれるのかな。

未来の彼氏を想像するが、なぜか透真の顔しか浮かばない。

——いや、これって、他に友達がいないからだよね？

わけもなく焦りながら、自分の妄想を打ち消す。

その晩、文香は初めて、義妹の環奈に手紙を書いてみる気になった。

神様たちが、意外なほど素直な気持ちを伝え合っているのを見て、羨ましくなったのかもしれない。

そして、極めつけは、長い年月を経て、ようやくタマヨリとトヨタマの気持ちが通じ合ったのを目の当たりにしたせいだろう。

――このまま空気のように、東京の家族から忘れ去られるのは嫌だ。

家族に対し、諦めに近い心境になりかけていた文香の中に、変化が生まれた。

――どんな些細なことでもいい。私はここにいるよ、って伝えよう。そして、どこにいても、皆のこと忘れてないよ、って。だから、私のことも時々思い出してね、と。

けれど、それを電話で喋るのは気恥ずかしいし、メッセージアプリやメールは冷たい気がした。

そんな時、郵便局で仕分けをしている時に見かける絵ハガキが、今の文香の気持ちに一番しっくりきたのだ。

「よし」

と、文香は誰に出すあてもないのに、ひと組だけ買ったハガキの一枚を、ちゃぶ台の上に置いた。背景には水彩で描かれた八坂神社の正面、鳥居のイラストが入っている。

「うーん……。なんて書こうかな……」

文面は、考えれば考えるほど、本心から遠ざかり、格好をつけてしまう。

――いや、飾らない気持ちをありのままに書こう。神様たちのように。

そう決めて、文香は万年筆を握った。

環奈へ

元気ですか？　お姉ちゃんは元気です。

大学に入ってずっと友達ができなかったけど、最近やっと、こっちで友達ができました。

神様と神話の世界が大好きな、変な男子だけどね。

京都は、とてもいいところですよ。

時々、不思議なことが起きたりしますが、本当に素敵な街です。

いつか、環奈に、京都の街を案内できたらいいな、と思っています。

じゃあ、また、お手紙書きますね。

文香より

まだ、本当の姉妹みたいに打ち解けた文章は書けない。

けれど、最初の手紙はこんなもんだろう、と文章を読み返して満足し、うんうん、と頷く文香。

その時ふと、誰かが背後から覗き込んでいるような気がして、ハッと振り返った。

――気のせいか……。

届けたい〝想い〟を抱えている次の神様が、背後で待っているような気がした。

微笑みながら、文香が手紙を書き終わるのを――。

京都花街 神様の御朱印帳／了

あとがき

こんにちは、浅海ユウです。

この度は本作を手にとっていただき、誠にありがとうございます。

スターツ出版文庫としては三冊目、京都を舞台とした物語としては二作目となります。

思えば、作家交流会で次のスターツ出版文庫の新作のお話を頂いた少し後に、仕事で滞在した愛知県のホテルに聖書などと一緒に置いてあった『古事記』をなにげなく開いたことが本作を書こうと思ったきっかけです。

今回の主な舞台である八坂神社や先斗町といった四条界隈は私自身、大学時代から、ちょくちょく訪れていた場所です。時間を持て余したり、親元を離れて寂しかったりした時に、何となくひとりで訪れていました。まさにこの物語の主人公、文香のようにひとりで。

そして、作中に出てくる『河合神社』は、昨年、沖田円さんに誘われて初めて行った神社でした。円さんに「取材ですか？」と尋ねたら「いいえ、ガチです」とのこと。十分美人さんなのに強欲だな、と思ったのは内緒です。もちろん、その時には、この神社が登場する物語を書く日が来るとは思っていなかったのですが……。

やはり京都は特別な街であり、そこへ行くだけで非日常的な空気に浸ることができます。

本作を読んでくださる読者様が、一瞬だけでも、日常を離れ、主人公の文香と一緒に京都にいるような気分になっていただけたら嬉しいです。

実は当初のプロットでは、スサノオ、アマテラス、ツクヨミだけでなく、ヤマトタケルの章も書く予定でした。が、また本が厚くなってしまうので、それはまた機会があれば、と思っております。


末筆となりましたが、今回、執筆の機会を与えてくださったスターツ出版の皆様、コンセプトやプロット作成からアドバイスを下さった担当編集の飯塚様、須川様、そして可愛く美しいカバー装画を描いてくださった紅木春様、この素晴らしいイラストを更に洗練されたカバーに仕上げてくださった坂野公一先生、それから刊行に携わってくださった全ての方々に心より感謝申し上げます。

二〇一九年七月　浅海ユウ

参考文献

『古事記』倉野憲司（岩波文庫）
『日本書紀（一）～（五）』坂本太郎、井上光貞、家永三郎、大野晋（岩波文庫）
『ラノベ古事記 日本の神様とはじまりの物語』小野寺優（KADOKAWA）
『世界の童話シリーズ　日本の神話』１９７０年版（小学館）

この物語はフィクションです。実在の人物、団体等とは一切関係がありません。

浅海ユウ先生へのファンレターのあて先
〒104-0031　東京都中央区京橋1-3-1　八重洲口大栄ビル7F
スターツ出版(株) 書籍編集部 気付
浅海ユウ先生

京都花街 神様の御朱印帳

2019年7月28日　初版第1刷発行

著　者　　浅海ユウ　

発 行 人　　松島滋
デザイン　　カバー　坂野公一（welle design）
　　　　　　フォーマット　西村弘美
D T P　　久保田祐子
編　　集　　飯塚歩未
　　　　　　須川奈津江
発 行 所　　スターツ出版株式会社
　　　　　　〒104-0031
　　　　　　東京都中央区京橋1-3-1　八重洲口大栄ビル7F
　　　　　　出版マーケティンググループ　TEL 03-6202-0386
　　　　　　（ご注文等に関するお問い合わせ）
　　　　　　URL　https://starts-pub.jp/
印 刷 所　　大日本印刷株式会社

Printed in Japan

ISBN　978-4-8137-0721-9　C0193